诗
想
者

HIPOEM

生 活 ， 还 有 诗

她·们

Ta · Men

张映姝　著

GUANGXI NORMAL UNIVERSITY PRESS
广西师范大学出版社
· 桂林 ·

她·们

Ta•Men

特约策划/ 刘　春
责任编辑/ 黎永娥
责任技编/ 王增元
封面设计/ 桂　裴

图书在版编目（CIP）数据

她·们 / 张映姝著. -- 桂林：广西师范大学出版社，2024.5

ISBN 978-7-5598-6849-7

I. ①她… II. ①张… III. ①诗集－中国－当代 IV. ①I227

中国国家版本馆 CIP 数据核字（2024）第 062822 号

广西师范大学出版社出版发行

（广西桂林市五里店路 9 号　邮政编码：541004
网址：http://www.bbtpress.com）

出版人：黄轩庄

全国新华书店经销

广西广大印务有限责任公司印刷

（桂林市临桂区秧塘工业园西城大道北侧广西师范大学出版社集团有限公司创意产业园内　邮政编码：541199）

开本：880 mm × 1 240 mm　1/32

印张：6.75　　　　字数：130 千

2024 年 5 月第 1 版　　2024 年 5 月第 1 次印刷

定价：69. 00 元

目　录

酿酒的女人

如果不是临时起意，我就错过了铁买克乡
错过了哈拉萨木森，那个叫“红松”的村子
错过了那个用一把刀
了结爱情的酿酒的女人
她用粮食酿酒，有时是两种
有时用五种。她清楚它们
精妙的差异。她搞不懂爱情
怎么会在生活这个缸里变质
自己会在爱情这个缸里
磨刀霍霍
一十多年了，她仍在酿酒、卖酒
她把自己酿成了酒
没有人能喝下她。她用
身体的酒杯，倒满自酿的醇酒
拴住就要脱壳的灵魂

2020 年 10 月 11 日子夜于可可托海金山书院

喝酒的女人

她喝下一杯酒，就喝下了酿酒女人的心事
一杯酒下肚，两个女人在体内交锋，像两把剑
一把是爱，一把是恨
一把是水，一把是火
一把是柔情，一把是冷酷
她想把酿酒女人的刀卸下
酿酒女人欲把她的痴情封喉

她们像斗牛，你进我退
你退我进
最终，不得不达成和解：
把泪咽进肚子里
就像喝下一杯酒

2020 年 10 月 11 日于可可托海金山书院

晨读的女人

那个料峭的三月的清晨，种在我的心房
那个女人，坐在红山地下通道出口的台阶上
膝上放着一本干净的书
我久久地注视着她
她的磁场里，电流激荡着火花，静静流淌
这个越活越轻的女人
始终没有抬头
她倚着一把大竹扫帚
脚边，大大的簸箕上印着“环卫”的字样
我再未见到过她
她坐过的那一小块台阶始终空着
总有一天，会有人接着坐在那儿
也许是我。现在，我还不够轻
还需要还完，多余的重

2020 年 10 月 21 日于上海西来农庄

骑自行车的女人

一群骑自行车的人，奔向渴望的大海
江水混浊，海的蓝远在天际
一群骑自行车的女人，驶向镇子的中心
寂静。寂静。农贸市场早已打扫干净
三个骑自行车的女人，在桥上停下
分吃一只橘子，看之前
忙于赶路而错过的风景：
尖顶房子，挂满小小灯盏的橘林，胖胖的白鹅……
路边香樟树的黑果实，清脆地掉落
桥下的小河水，自顾自流淌
她们聊起天来
养的花，干不完的工作
正在写的文字，还有爱情……

现在，只剩下一个了
这个女人，悠闲地蹬着自行车
穿行在浓荫笼盖的笔直乡村路上
仿若回到三十年前

一个背着人造革书包的女孩，飞驰
在白杨护卫的林荫道
这个骑自行车的女人有点恍惚
她单脚支地，张开双臂
然后，紧紧拥抱住自己——
她拥抱着她
她拥抱了她

车轮又开始滚动
路，没有尽头……

2020 年 10 月 29 日于崇明开往上海市区的大巴车上

跳舞的女人

她请那个叫杜满的男同学，弹奏一曲
她伸出右手，邀请他共舞
这是最后的时光，生日宴会就要结束
就要结束。她随他的舞步起舞
她低估了这个七十岁的上海男人
他额头用奶油抹出的“王”字
散发着甜蜜和喜感
她差不多已经二十年没跳舞了
旋转的节奏中，她听不见音乐和笑声
看不清人影，甚至对面的他
没有灯光在旋转，没有
有那么几秒钟，她的时空倾斜
红湖边的学生舞厅里，旋转，旋转
那个与她共舞的羞涩男孩
在旋转中靠近，又光速般消失……
现在，音乐停止了
她抽回自己的手
她看着这双熟悉的手，有点惊奇

的确，它完成了她赋予的神圣使命
收获了此刻，甚至很久没有想起的时光

2020 年 11 月 6 日于绍兴新亚都大酒店 1005 房间

微醺的女人

她站在酒柜前，略微迟疑了几秒
就这瓶了，冰白
她心里又确认了一遍

她对自己百分百放心
她从不借酒消愁
她的愁，只能用生活来解码
她也从不喝醉，至少别人没见过
内心的三把锁，她至多打开两把

今天，她要打开第二把锁
没有任何理由，她也找不出一个

她坐在餐桌边，一小口一小口地啜饮
她的唇舌，挽留葡萄果肉微冻后
激发的甜，籽实压榨出来的香
以及果皮发酵过的醇
斑马木桌子泛出的光泽，像杯中之酒

摇曳的波影

她想起很多只有自己知晓的细节：
山野之风吹拂她的头发
几枝草木樨、蒲公英和牛蒡摆弄出的插花
读《哈扎尔辞典》时的迷乱、好奇
一听《红豆》眼泪就簌簌而落
每次见到年迈的母亲都说
“妈，你就是我们的宝”
……

每喝一口，脑海里冒出一个细节
她就像重新经历了一次
甚至经历得更深刻、精微
她用岁月的舌舔舐
那些细节，那种飘飘然的感觉
她感觉自己被提升，脱离了地面
仅仅那么一丁点儿

慢慢地，轻轻地，滑下最后一口
她突然发现了理由
她为这理由又羞愧，又自得

2021 年 1 月 12 日

羞于承认自己是诗人的女人

——给 RF

故事从他开始——
大寒节气，他坐在楼下
读一本破旧的书
汽车的鸣笛，高跟鞋撞击地面的声响
是日常的背景音乐
他扬起手中的书——《汪国真诗精编》
他说起闻一多、徐志摩，说起新文化运动
他说，现在的书大多写得不现实

她像个配角，在他的场景里转换——
她好奇，什么会让这个六十八岁的老人
如饮甘霖，在滴水成冰的寒冬
她不确定这本，是否有自己青春画过的笔痕
她看着三轮车车把，那个挂包去年已不再
散发她的气息，盛满她的秘密
她听了那么久，不再觉得冷
她想，再收拾几本好书，放在垃圾箱旁
在他下次来前的稍早几分钟

他们是天生的演员，配合得天衣无缝
“好的语句，就如春天的流水，让人愉悦”
拾荒的老人对她说，更像对自己说
一股羞愧，蓦地，涌上心头
她，羞于承认自己是个诗人

2021 年 1 月 23 日

举杯邀月的女人

她们端起的，不是夜光杯
她们举起的，不是葡萄美酒
她们邀约的，是明月出天山
黄竹传夜风，清辉镜天池
三个女人的所愿，如此明媚

她们说起苍茫云海间
说起仰天大笑出门去
说起与尔同销万古愁
云影飞渡，星辰明灭
三个女人举杯又举杯，皆为古人事

不知不觉中，场景转换——
一个她，眼神迷蒙
万般心意都化为母忧
一个她，面如桃花
纠结在爱与爱情的乱麻里
一个她，温顺地，听

用一口一口的酒，压住翻涌的痛

那是多久前的故事了
明月做证，我们约定，来年再喝一场
这么多年过去了
我们谁都没有履行诺言
谁也不敢再次揭开
生活的伤疤

2021 年 2 月 4 日

庆祝生日的女人

昨天，是四十九岁的她的生日
今天，是四十七岁的她的生日
没有蛋糕、热闹的聚会
平常得，就像母亲诞下她们的日子

整整两天，她们没有想起母亲的受难
她们的身体已承受过母亲身体的疼痛
每天，她们都在承受“母亲”这一称呼的疼痛
只是在谈及父亲时，母亲
像一根楔入木板的锈迹斑斑的钉子
不能拔出一毫米
也不能再深入一毫米
她们知道自己的命运，像母亲一样
也分别楔入另外两个男人的木板

她们也有自己的孩子
正如她们是母亲的孩子
她们没谈论母亲的优点

母亲的光辉正在她们身上闪光
母亲的阴影，她们说了那么多那么久
像擦拭一件发黑的银器
她们不想让自己被岁月氧化
多年后，当儿女谈论起母亲
不会有那么多无奈、遗憾或者恨意

她的母亲只上了三年小学
她的命运，与土地相依
她的母亲算得上知识分子
一辈子耕作在葡萄园
两个母亲都属牛，生于 1949 年
如今，女儿们早已脱离土地的束缚
她们的职业与文字有关
曾经那么想跳出的地方，像魔方
把她们慢慢拉回。它的魔力
来自她们的母亲
来自丰饶或贫瘠土地孕育的母性

两天，最应该感恩母亲的日子
她们没有谈起母亲
她们谈的都是母亲
她们知道，母亲
长在她们的身体里
支撑她们画圆另一个年轮

2021 年 5 月 6 日

摘锦鸡儿花的女人

她们零落在五月的山坡上
像山鹰振翅于山尖之上
像锦鸡儿的花朵拥簇于多刺的枝头

五月的光，金子一样铺泻
掠过山鹰的眼神
五个女人，在五月的山坡
采摘洒落在大地的光

她，欢快而年轻的姑娘
吹着被硬刺扎破的手指
大呼小叫，想起那些
清香扑鼻的鲜花饼——
只要去，姐姐就会做给她吃

她，从三百里外的鄯善赶来
其实，她们几天前才刚刚告别
她愿意和她们在一起

她是她们中的一个
除了诗歌，可谈的还有那么多
此刻，远方，绽放于一朵朵黄花

她，几个小时前还挣扎于文字之网
此刻，默默领受大自然的抚慰
东天山的春天，是一朵朵金雀
在山坡、戈壁的枝头鸣唱
她的春天，从认识金雀花开始
万物会把自己一一馈赠

她的声音飞扬——
你摘的不是花，是情调
就像山脚下的人，挖的不是蒲公英
是生活的调剂、乐趣
一阵风吹过，黄色的花朵摇曳着应和

像无数个此刻，她有点恍惚

她的眼里是花
嗅着花香，深深地
她有那么多秘密
这一个，她从不隐藏——
她知道自己更近了一点
比昨天多了
一丝淡香和浅浅的甜

2021 年 5 月 20 日

干号的女人

那个女人干号着走近
又干号着走远
等车的人看着她走近，又远去

她一定走了不短的路
长过泪水从涌流到枯竭
她脸上的妆容还在——
出门前她曾精致地打扮过
也许，还给了镜中的美人一个飞吻

她旁若无人地干号着
粉色的 T 恤，粉格的百褶短裙
凌乱的马尾辫上，粉色的发卡歪斜
多像一个撒娇的女儿
每个人心里都清楚，此刻
她是一只伤痕累累的小兽

她在自己的世界里干号

每走十几步，就狠狠发出一声
然后猛地回头，看向走过的路
或许，她还心存侥幸
那个惹她伤心的人会追赶过来
那件让她无措的事不会跟上她
她的世界，我们无法插足

她干号的声音越发狠了
她回头的时间越来越长
她的世界，每一秒应该有一天那么久
她的孤独，每一秒都有一天的刻度

她干号着走过
沿着马路，有几次甚至走到马路中间
我们不敢有所行动，唯恐任何一丝举动
成为压死骆驼的最后一根稻草
我们眼巴巴地看着她走过
仿佛看着自己走过

她的干号声渐渐远去——

多么勇敢的一个人啊

我，她的同类

那么多次，却只敢在心里干号

2021 年 6 月 18 日

蹚水的女人

她迟疑着，不敢把脚伸进溪水
怕冰雪融化的寒意，会渗入骨缝
怕水底光滑的石头，不小心会崴了脚
怕平缓的溪流暗藏的漩涡，那么小
也足以产生无法预料的结果

她不知道怎么会那么怕
抬头望向那里，仿若习惯
博格达峰，蓝穹的一枚银胸针
在新地梁村，它近得像山
远得像雪、像冰川
当一座山被亿万年的雪覆盖
当一座山被亿万年的冰川反光

她试探着，青筋微凸的脚探入溪流
她一脚就踏入了童年
那条石板砌成的小渠流淌着
一样冰凉的天山雪水

她追赶着打着漩儿的粉色塑料小凉鞋，哭着喊着
她滑倒在水渠里，腿上鲜血淋漓
……

三十多年了，她早忘记那种痛
三十多年了，她已习惯另一种生活
忍受，抗争
再次忍受，再次抗争……
她修炼成铁，如她所愿
没有什么能让她轻易熔化
她从未放弃百炼成钢的打算

就这样失败了，轻易地
被雪水的冰凉，而不是火焰的滚烫
望着耸立的雪峰，她听见
咔嚓的冰裂，向身体深处爬行

2021 年 7 月 5 日

星空下的女人

星空下的女人
走在浩大的七月
走过昼与夜的分割线
渴望抵达另一条地界
阜康，天池，博格达
每个名字，都发着光

麦草垛哪儿去了
一只看不出颜色的牛犊
闯入周边的寂静
它不能闯进她的记忆
她想起那些兔子
她喂大的却被吃掉的兔子
谁的命运能由自己掌握呢
还有那条配得上“赛虎”名字的大狗
她喜欢它，却不敢靠近
它逮住并咽下一只中毒的耗子
疯跑着咽了气

她想起一些人，那些走丢的人
他们，是否点缀着此刻的星空

星空下的女人，仰望星空
月亮还是那个月亮
星星还是那些星星
大熊、小熊、仙女星座都在
她们知道，深刻的变化
一直存在。无所不在
她们仰望的，只是一种感觉
她寻找最亮的那一颗
天狼星下，少女的心星闪闪亮

越来越多的星星亮起来了
一颗星星在跑
另一颗星星跑得更快

它们也许会遇到，某个时刻

银河外，宇宙的某个黑洞

也许永远不会，永远——

2021 年 7 月 6 日

会算账的女人

五岁，她开始跟父亲去山里放羊
她人生的第一群羊
那时，她的命运与山里大多数女孩一样
十八岁，她结婚了
那时，她比山里的大多数姑娘幸运——
娃娃亲也会产生爱情
生下第一个孩子后，她和丈夫
汇入打工的时代洪流
棉田里，她是摘棉花最快、最干净的
饭店里，她天天跪着擦洗地板
膝盖上的厚茧，如今还忠实地陪伴着她
当她有了三个孩子，他们开始
租种葡萄园。种植葡萄
就会收获甜蜜，她想的很简单

后来，她买了房子，想让一家人成为他们中的一部分
失望之余，她把希望寄托于三个孩子——
以后每人开辆车回来，把巷口停满

现在，她的大女儿开了两家美容院
在三百公里外的乌鲁木齐
她的大儿子在餐厅后堂配菜
每月交给她三千二百元，自己留三百元零花
她寻思着，得让他学个技术含量高的手艺
能够更体面地生活
她的小儿子还在读初二
考个好大学，是她唯一的指望

这些，都是她告诉我的
在吃过她递过来的一根雪糕后
雪糕融化了我们之间的尴尬，和她的警惕
她从货架里取出杂七杂八的百货
递给顾客的同时，张口报出了价钱
这个不识字的女人
这个没读过一天书的女人
这个以算账快出名的女人

她永远记得父亲后背的温暖
放羊的路上，她走不动了
父亲就会背着她，赶着羊群上山
她永远感激父亲，羊吃草的时候
父亲用小木棒、石块，教会她计数
否则，她的麻烦更多
填表、签字，那么多字
可她连自己的名字都不会写

她是个漂亮的女人
烫过的头发随意绾在脑后
脸盘小巧，眼睛明亮
她是个时尚的女人
灰色 T 恤，破洞牛仔裤
她是个爽朗的女人
三言两语化解男人的调笑
她如此完美——

只要不问她识不识字这个话题

2021 年 7 月 7 日

拥抱胡杨的女人

——给 HB

那个拥抱胡杨的女人
无意间，完成了一次对决
以丝绸衣裙的光滑，贴紧五百年生命的粗犷
以纤细的腰肢，温婉一个王者的尊严
以仰望的姿态，托举对岁月的敬畏

我们看着那个拥抱胡杨的女人
看着那棵被女人拥抱的胡杨
看着她，与另一类生灵拥抱
与现在的生、未来的死拥抱
与无尽的时间、平行的空间拥抱

看着她，与另一个自己拥抱
我也有过这样的拥抱
此刻，我为这样的忽略羞愧——
我欠自己，一个锋利的拥抱

2021 年 7 月 16 日

不识字的女人

这个不识字的女人
是贫穷的女儿
像我们贫穷的母亲
被饥饿剥夺受教育的命运
她们的手天生为一口饭操劳

这个不识字的女人
是愚昧的女儿
像我们愚昧的母亲
被虚妄之网紧紧束缚
她们脸上刻着：德行

这个不识字的女人
是隐忍的女儿
像我们隐忍的母亲
一旦拥有“母亲”这个称呼
就把自己的血肉、魂灵整个交付

这个不识字的女人
是无数中的一个
像我们世代的母亲
用模糊的背影磨亮岁月、苦难
把苦压榨出甜

这个不识字的女人
是幸运的女儿
像我们幸运的母亲
总会攥紧一截让自己活下来的绳子
这个会算账的开百货店谋生的女人

这个从五岁就开始放羊的女人
这个和娃娃亲相爱结婚的女人
这个有三个儿女、事业有成的女人
这个把异乡当故乡的女人
这个以算账快出名的女人

——这个羞于说出自己不识字的女人

2021 年 8 月 6 日

被祝福的女人

她终于回到了这里
尽管只有短暂的几天
它一旦完成交易，这里还有什么呢
二十多年呀，对她四十七岁的人生而言
最好的，只能封存在记忆的酒窖
她不确定，发酵出来的是否甘洌、清醇
还能怎么样呢
她摇摇头，似乎要把什么甩掉

还好，有一个小小的生日聚会正等着她
还是那三四张熟悉的面孔
她确定，谈论的还是旧话题
于她，于他们，却永远是新的
生活的残酷，投射于文学的想象
幽微的光亮，足以烛照至暗时刻
没有蛋糕，酒杯碰响的祝福
她安慰吹毛求疵的友人
一切都恰到好处，刚刚好

如果还有更好的，那一定来自母亲
曾经为她受难的年轻的母亲
现在依然牵挂她的八十岁的母亲
此刻，母性的慈爱
正在电话线里流淌：
生日快乐，快收红包哦……

2021 年 8 月 12 日

库木塔格沙漠看日出的女人

似乎万物的眠，为了此刻的醒
似乎无数个昨天的沉，为了此刻的升
似乎星河的寂灭，为了此刻唯一的登临

库木塔格，每一粒沙酝酿欢呼的仪式
库木塔格，小兽早已藏伏，足迹
泄露黑夜里不息的生与死

两个女人，行走于沙脊线
两个女人，行走于生活的刀锋
每一步，都是陷落
每一步，都是拔起

网——都在网中
孤星残月，把黑夜网住
光与影，把手持相机的人网住
沙粒的凉，把赤裸之足网住
风，从玉门关而来，携十万人的体温

百万草木的气味

寂静，是顶礼、膜拜
无言，是等待、苏醒
那只鸟振羽而过——使者的口信
她一直站着，用手机记录
她一直坐着，盯着地平线

她早已确定，光的起点
太阳露出了头。不是云层后的凌空一跃
太阳在奔跑，向南
她揉揉眼睛。露头的太阳
还在奔跑，向南，向南
奔跑中，露出臂膀、腹部
舒展四肢，长出双脚

崭新的太阳，跑出一个永远的奇迹
古老的渔父，撒出闪亮的网

此刻，库木塔格，与塔克拉玛干、准噶尔
和撒哈拉，领受一样的恩宠
此刻，她、她们，与它、它们
与他、他们，有相同的容颜、内心

——这宇宙间，伟大的和解

2021 年 9 月 8 日

摘葡萄的女人

这个清晨，新鲜、透亮
像凉风、露珠、狗尾巴草和旧日子
道路笔直，左边是蔓延的葡萄绿
右边是冲天的白杨黄
这葳蕤的初见，埋藏于时光的褶皱

这个清晨，万物返回原点
一只野兔，在跃起、落下间远去
一只蚂蚱，伏在马齿苋的浅梦
一只麻雀，掠过星星的黄昏

这个清晨，词语回归本义
每道晨光，闯进夜的腹地
每缕清风，怀着空旷如野的胸怀
每粒葡萄，梦想着葡萄酒的芬芳

这个清晨，在楼兰酒庄
我是那些采摘葡萄的女人

或者，成为一串成熟的葡萄

被锋利的剪刀剪下

然后，被清洗、压榨

沉睡中，悄然发酵

黑暗里，不知不觉，慢慢甘醇

2021 年 9 月 17 日

品尝多尔玛的女人

当一株无核白葡萄株，抽出鲜嫩的枝叶
当一枚绿色的葡萄叶子，发出黄金的色泽
当一枚黄金叶子，裹住糯米的香甜
当一个多尔玛，盛放于白色的纸碟

她才确定，十几年前
奇迹已经出现。古老的鄯善
古老的葡萄树
古老的葡萄美酒夜光杯
一枚崭新的黄金叶子，延续
楼兰的古老、神秘
摹画千年的美好生活愿景

多尔玛，“叶子包米”
她小心翼翼地咬了一口
对未知的事物，她总怀有一丝胆怯和敬畏
那味道，超出语言的边界
糯米香、蔗糖甜，和某种（些）香料的味道

迷迭香，罗勒，地椒，或是藤椒
她被这奇异的混合之味迷惑

唇齿间，余香缭绕
她又吃了两个多尔玛
据说，这已是上瘾的数量
她只想品出黄金叶子的味道

五千个黑塑料大桶，在烈日下布阵
亿万枚葡萄叶，在桶里脱胎换骨
等待点石成金的一刻
她打开桶盖，取出一片
她接过，放进嘴里
咸，除了咸，还是咸
她似乎品不出葡萄叶的味道
新鲜的葡萄叶是什么味道呢？
她突然想起，自己并未尝过

有意无意间，她问起她的过往
这个优雅、干练的女人，从车间工人
干遍所有岗位，最后升为副总
在辞去城建局的工作后——
她怕自己会“闲”成废人
四十一岁的她，拥有花朵的名字——
再克娅古丽

她，一枚黄金叶子
生活之盐的浸泡、腌制
方能提纯她的芬芳
她听着，仿若听着自己的故事

2021 年 9 月 18 日

观蜃的女人

从那天起，开始喜欢黑夜
那幻景，只在烈日下，成像

从那天起，不再相信眼睛
那虚无，曾经聚焦于视网膜中央

从那天起，对世界产生怀疑
她不再纠结，平行世界的存在

从那天起，她对透明的东西
保持警惕，比如玻璃、空气

她怕，一不小心
就会闯入另一个空间

可是，那一刻，她多渴望
从朦胧的蜃景中，找到

——一个熟悉又陌生的自己

2021 年 9 月 24 日

鱼疗的女人

她们坐在涝坝边的砖石上
试探地把脚伸进水里
她们感觉不到凉
几百米外，散发泉眼涌出的热度
她们也不觉得热
九月的鄯善，沙漠边缘的迪坎尔
水，是大地恩赐的蜜

脚，在水里流淌
鱼，在脚边流淌
她觉得自己被清空
只剩水里的一双脚
有一阵儿，她觉得自己
就是疯狂咬食皮屑的一条小鱼

她们不再大呼小叫
慢慢适应了一种小生物
对偌大一块食物的狂喜、贪婪

她们享受着这口不择食
带来的美妙触碰

她看着鱼群，长在脚上的鱼群
慢慢地，一丝恐慌蔓延
无数蚂蚁奔忙于垂死的青虫
一群鬣狗攻击孤独的狮子
貌似正确的人谩骂唯一的沉默者
……

她叫了一声——
一条白鱼的撕咬，超出了
忍耐的边界
她赶紧起身，逃离这片战场
她的双脚火辣辣地胀
甚至穿不进鞋子

自己终究是被打败了

被一群一两厘米长的小鱼
被暗藏的欲望
她这样想着，顿时生出勇气
像之前无数次被打败时

2021 年 9 月 25 日

恩德婆婆

我们不知道，她的出身
童年是否快乐
是否有烂漫的豆蔻年华
出嫁的鼓乐声中，她定是满怀
夫妻恩爱、子嗣绵延的憧憬
这世世代代女人的所愿

恩爱，他们用短暂的时光书写
剩下的，她用寡居的方式
铭刻到七十六岁
如果她活得再长一点
爱，也会相应长一点

出征的将军，没有留下子嗣
他的血流尽，在异乡的土地
她的爱流呀流，把眼里的井淘干
弥漫成母性的水泽
她们是被父母丢弃的女婴

她是被抛在世上的女人
风雨中，她们都是零落的叶子

幸好，还有他留下的田产
她的母爱，得以艰难延续
六个女婴，每一个都是女儿
六个女婴，每一个都是她自己

她，养活了六个女儿
养活了她的父姓——刘
她的墓碑上，葫芦状的“恩”字
养活了骑田岭深处阳山村的救婴会
养活了她的名字
——恩德婆婆

2021 年 10 月 20 日

跪在祠堂的女人

她跪在阴森的祠堂里
裹过的小脚已麻木
流血的伤口也已结痂
她的膝盖、小腿没有感觉
仿佛属于别的人

她不害怕，也不后悔
那些头戴红星帽的兵，破衣烂衫
看她的眼神，像是自家的兄弟
那三个躺在她家门口石板上过夜的女兵
帮她打扫、做饭、洗衣的女兵
她怎么也不相信会是女匪

她想起了自己不到一岁的孩子
因为他和自己的小脚，她才没有进山
她躲在自己的柴房，按住心跳
侧耳聆听外面的声响
歌声、笑声，她听不懂的话语

新鲜，像清晨浮起的雾岚
亲切，像夜晚弥漫的桂花香

她相信自己的直觉——
他们是不一样的兵
她喊回了躲在山林中的乡亲
喊回了乡亲们对红军的信任
喊回了他们之间的鱼水深情

她想起了那个寒冷而温暖的夜晚
她和孩子，还有那三位女红军
挤在自家那张狭窄的床上
盖着家里仅有的一床破絮
和她们唯一的棉被
她们多像她贫穷的姐妹
而她的丈夫，和衣躺在灶房的柴火旁

她想起了那个寒冷而温暖的早晨

出发的命令已经发出
三位女红军拥抱她、亲吻她的孩子
她怎么能接受呢
那可是她们唯一的被子
路还那么长、远，夜是那么黑、冷
她的姐妹，她不能让冻着
她的亲人，她前途未卜的亲人
她自己会心疼

可惜呀，那半条被子——
女红军用剪刀剪开
留给她和孩子的半条被子
那些坏蛋从她家阁楼里搜出
一把火烧掉的半条被子

跪在祠堂里的女人
想起自己给红军带路的丈夫
明天他就该回来了

就会带来亲人的消息
她想起女红军告别时说的话
革命成功了，我们会回来的

跪在祠堂里的女人没有想到
她的等待会耗尽一生
从 1934 年，到 1991 年
五十七年，两万多个日夜
弥补着半条被子的空缺
兑现了一条被子的承诺

跪在祠堂里的女人
没有等到重逢的那一天
没有亲手接受
那条完整、崭新的被子
那条在世的女红军们赠送给她的被子
就放在当年的那间屋里、那张床上
她早就在心里，叫过它千万遍

红军被，红军被……

2021 年 10 月 23 日

观景台上的女人

她还是为眼前的山野心动
从天空把蓝投影于雪的天山
从雪意的清凛抵达肺叶
从锦鸡儿的芬芳穿越枯萎

她站在去年曾经站立的地方
水墨的笔法，在光的覆盖之下
山上的黑松柏，芨芨草的白枯
平台上的村落，峡谷里涛声凝成冰

那是八月。她想起那时的欢欣
葳蕤，带着盛极的一丝隐忧
一岁一枯荣，浅显的语言
藏有锋利的刃。不像记忆
给渡过的苦难以美的妆容

土褐色的阳坡，十几只羊卧在冬阳下
野蔷薇丛下，三两只在懒懒啃食

背后的红顶房子边，草垛富足
她突然拥有了那群羊的幸福
还有三只牛、两匹马的

一只白鹡鸰掠过，将她的爱
携往高一点、远一点的天空

2022 年 1 月 10 日

捡樱桃李的女人

她相信几小时前味蕾攫取的酸甜
像品味爱情澎湃后的余味
她一枚一枚捡拾雪地上的红果子
这些小小的灯笼，燃烧的火苗
挂在光秃的枝头，残酷，又浪费
她把自己当作一只留鸟
一粒一粒，啄食那些摇落的命运
她知道，天命不可违
枝头上的果实，逃不过干尸的结局
坠落的，可能摔成一摊惊心的血红
一枚果实的圆满多么不易
她发出轻轻的叹息。像是昨夜
那声叹息的尾声
她一枚一枚捡起那些滚落的
完整的樱桃李。就像把那些叹息
收藏在黑暗里

2022 年 1 月 11 日

哭泣的女人

一个女人坐在冰冷的墙角
红色的皮包歪在雪地里
如果没有突然爆发的哭声
我会忽略她泪水抹花的妆容
和裹挟而来的一月的寒冷
她对着手机放声大哭
我径直地走过，给她的悲伤保留尊严

我记住了这个时刻
2022 年 1 月 12 日 16 点 01 分
和此刻一个女人的悲伤

人世间，这样的场景
分分秒秒都在发生
此刻，她是另一个背负者
替人类扛起不可推卸的悲伤

2022 年 1 月 13 日

推车的女人

她在人行道上歇了很久
北风冷冷地吹。吹着她花白的头发
吹向她的深皱纹、呆眼神
和不成样子的生活
她的双臂撑在推车的把上
架住了她的疲惫和苍老

她站在新民西街的人行道上
像一座雕塑，守着半车财富：
两捆旧纸箱，一尼龙袋塑料瓶
三只空油壶，一沓鸡蛋盒
它的重量，大约等于她的命运

她终于迈开步子，一步，一步
那么长的一段上坡路
长不过几十年的人生
她肯定能熬过去
或者，是路、日子

把她熬过去

我如此羞愧，为自己的无能为力
为她的隐忍、平静——
这个贫穷而高贵的女人，她所有的付出
从我这里，开始获得薄薄的收成

2022 年 1 月 15 日

接受馈赠的女人

——兼致 HM

那一刻，她被意外的喜悦攫住
几朵粉紫的花，绽开于麻线编织的包面
真好看——这质朴的赞美
唯一的表达，冷风中最贴心的暖
回馈给那个可爱的姑娘

她从孩提时就知道，暖是可以传递的
却没料到，一种暖，可以转化为
另一种暖，甚至热到驱散严寒
消解几分钟前的沮丧、抱怨

她把几朵春天拎回了家
她并不满足。那束粉紫的勿忘我
一直没舍得换掉，斜插在包里
无论从哪面看，宛若一体
真好看。她禁不住又说了一遍

那束花是一个闺蜜送给她的

她想起自己曾有过一个同样的包
现在，它被挎在另一个闺蜜肩上
如果自己会手绘，当时在包上画几朵花
闺蜜的喜悦、温暖，会延长到此刻吧

现在，满屋子都是春的气息
仿佛坐在草地上，嗅着隐秘的芬芳
她拿出手机。粉紫的春天
她得把这份珍贵的暖，传递下去

真好看，真好看……
她在朋友圈分享着喜悦
那个寒冷的清晨，她递给手脚冰凉的姑娘
一件白色棉背心、一双紫色绒手套
她从未想到，那微不足道的暖
会储藏、释放绽开春天的神秘力量
她笑了笑，像那个清晨那样

2022 年 1 月 25 日

被铁链拴住的女人

请把她看作人，而不是用铁链锁着的动物
请把她当成女人，而不是泄欲对象和生育工具
请把她当成姐妹，而不是倔强的逃跑者
请把她当成母亲，而不是精神病人

请把“神经病”的帽子摘掉，记住她说的“这个世界不要俺了”
请把“母亲”的帽子摘掉，记住她大儿子的“维权”
请不要用“姐妹”称呼，以免玷污这个美好的字眼
请不要说是合法夫妻，那是对法律的亵渎
请不要再说什么，先把非人的锁链解开

请记住，她的名字——被拐卖者
请记住，她为自由付出的代价——一条带锁的铁链
请记住，她发动的一个人的战争
请记住，她悲愤地说“我要回家”

请记住，下一个她

可能是你，是我
是你们、我们
两者之间，只有一闷棍的距离

请把她们还原为人
请把尊严还给女人
请把公正还给女性
请把人性还给人类——
这万物的灵长

2022 年 2 月 13 日

拍照的女人

威严的雪山，拥有一朵雪花的轻盈
黝黑的云杉，储存一枚叶片的青翠
鹰的翱翔，颤动一支飞羽的滑行
……

这些，长在我的思想里
连同那些长在我身体里的
婴孩，少女，妇人，老妪
来路和去向，那么清晰

无数次按下快门，捕捉的都是
不可复制的、个体的唯一
无数次按下快门，其实只是
同样的一次——
星河旋转，世事流淌
太阳之下无新鲜之事

珍贵而奢侈——
我的所见，弥漫光线未及之境
我的眼睛，一架精密的摄像机
而我的心，是藏着无限奇迹的暗室

有人在念动咒语：
“芝麻，开门吧——”

2022 年 2 月 20 日

植树的女人

她的婚礼，种在一棵树苗的根部
那棵树，叫爱情树

在那里，她和丈夫还种过一棵
叫作希望的树苗
他们稚气的儿子，认真地扶正树苗

她没有名字——战士赵湍娃的妻子
柯柯牙的绿化，给她、他们命名
——这盛大的仪式

她种下两棵树苗
种下女人一生的希冀
像他们，种下绿水青山的信念

在黄土高原，她的家乡
她一定种过更多的树
只有这两棵，把她种入柯柯牙的史册

就像他们，把青春、理想
种在塔克拉玛干沙漠之上

2022 年 2 月 28 日

拔草的女人

看见那片花园，她就抑制不住
拔草的冲动。灰藜水嫩的绿被
盖住海娜花、孔雀草的未来
她想帮助它们，给予一个灿烂的花季
就像当年，慕士塔格峰馈赠她的礼物

花园就该有花园的样子——
她不能容忍野草的恣意
一株海娜花或孔雀草的生长，放飞她的自由之旅
她忽略了，一棵灰藜的葳蕤
遵循的是同样的自然法则

哪怕只有几分钟，她都会扯几把灰藜
或者马唐、狗尾巴草
没有同伴帮她一把。她独自享受
这些短暂的时光，流泻出的诗意
有些秘密，她愿意一人领受

她瞟了一眼手指上的疤痕
童年的疼痛翻滚而来。镰刀的刃口
滴着血，她诧异地盯着
自己白色的指骨
如今，她早已将肉体的疼痛
转化为精神的财富

一根一根地拔，起落间
像是绣娘抽动丝线
她一直憧憬着几年后的田园生活
眼前的一切，似乎是彩排、预演
她的宁静、自足，在时光之窖
酝酿、洞藏

在天山文雅民宿，苹果树下
清晨，黄昏，她拔草的身影连接
遥远的往昔和清晰的未来
总会有人看到它们的盛开

她欢欣地说，即便不是我

一行孔雀草探出稚嫩的脸庞
她起身，往前移动了一小步
没有人知道，她距离
真实的、未来的自己
更近了一步

2022 年 5 月 29 日

跳萨吾尔登[1]的女人

沉默时，她凝固一滴水的清纯，一潭水的幽深
一启唇，她流出一条溪的叮咚，一条河的跃动

她的普通话不大标准，刚刚让我们听懂
她坐在沙发上，手臂的偶尔旋转
挥洒察哈尔人的神韵

三十多年，三千多弟子
她的光华，被传承人的身份谱写
她是浪花中的一朵，奔流中
千万朵浪花簇拥而来

她坐在那里，拥有希腊雕塑之完美
仿佛人间的悲伤不曾降临
肉体的疼痛再也追不上她

1. 萨吾尔登：流传在新疆维吾尔自治区蒙古族人中的器乐套曲，也称“托布秀尔套曲”。萨吾尔登舞是国家级非物质文化遗产之一。

她如此真实，充满梦幻之魅

谈到学舞的芳华，早逝的丈夫
成家立业的三个儿子（一个继承了她的衣钵）
二十年前从癌症的陷阱中爬出
和留给她的身体的残缺
谈到化疗恢复期间，教医生护士跳舞
她如此虚幻，被尘世之手攥紧

她坐在那里，像过去的日子
手指一动，就推开了一扇门
她坐在那里，静止的音符
静止的舞姿——发出灵魂的邀约
跳吧，我们一起萨吾尔登

2022 年 6 月 3 日

衰老的女人

如果不是手拉购物车倒在公交车中央
如果不是携带的小马扎倒在我的座位旁
她不会引起我的关注
花白的头发，笨拙的动作，粗重的喘息
这是所有老母亲的模样

如果不是还没到站，她就慌忙起身而趔趄不已
如果不是她求助车门前的小伙子
而后者沉迷于手机的虚构世界
我不会决定提前下车
花白的头发，笨拙的脚步，粗重的喘息
我想起了我衰老的母亲

如果不是下一趟公交车久久不来
如果不是她的连声道谢
我不会知道，她和母亲一样
都是山东人，还大母亲两岁
手推车里的土鸡和鱼，是虔诚的贡品

迷蒙中，她是我人间的另一个母亲

有那么一刻，我想搭出租车送她回家
却害怕她大嗓门的固执拒绝
母亲也总是这样
感谢——感谢公交车久久不来
我使足力气，才把沉重的手推车
搬上出租车的后备厢
就像我每次送母亲出门

她走了，留给我母亲的背影
和未来的我的模样
我所做的这些，不过是为自己的衰老
预支了星火的良善，和理所应当的坦然

2022 年 6 月 11 日

筑路军人的女人

——致曾昭英

她，这一辈子都在苦海里
煎熬。用四朵花短暂的甜蜜
勾兑、稀释，四季的思念之苦

她只绽放过四次，花期不足两个月
第一次是结婚，婚期半个月
第二次，是探亲，湖北莲沱军营
只有十天，他已接到命令
就要奔赴新疆筑路的战场
第三次，也是探亲，一个月
天山脚下的小城独山子，他的军营驻地
第四次，还是探亲，天山深处的
筑路工地，只有短短的三天

多么甜蜜的早晨，1976 年 7 月 15 日
为他俩腾出的简易帐篷里，锅里的汤水
噗噗沸腾，那是三天前她千里迢迢
带来的，治疗他胃病、关节炎的中药

他趴在桌子上准备着工作报告
她坐在他的身边，静静地看着他
那一刻，是她渴望的天长地久

多么揪心的下午，1976 年 7 月 15 日
他接到营部的电话，像往常一样
去了工地。下午四点，一声巨响后
“七连出事了”的喊声炸响
她疯了般冲向工地，却屡次被抱住

多么难熬的夜晚，1976 年 7 月 15 日
直到现在，她也没能走出
它的黑、它的冷、它的绝望
两天后，她见到了他——七连指导员的遗体
二十多天后，她空落落地离开
带着他那张永远二十九岁的遗照
他戴过的上海牌手表
他们一起盖过的毛毯

她的花季，枯萎在那个石破天惊的日子
他每夜都回来看她，像她绽放的时候
她每夜都在呼唤他，抽泣着把自己喊醒
孤零零地，用泪水等待失色的黎明

她想过、试着重新绽放，却暗淡收场
好在，留下一个年幼的女儿
她们相依为命，努力地过活
只为不给他丢脸

她一直珍藏，那四朵花的芬芳
她的芬芳，源自他繁茂绿叶的滋养
直到去年，她再次踏上他和战友
修筑的独库公路。过飞线，他的心跳
回响在她的胸口。在乔尔玛，他的名字
与一百六十七位战友的名字，站在一起
她抚摸那个鲜红的名字——李善国
硕大的花朵，盛开在石碑上

她的脸贴着，她的身体倚在那里

——像一枚大大的绿叶

2022 年 9 月 9 日晨

在卫生间里作画的女人

读了半年重点高中就被迫辍学的十七岁女孩
攥着五元钱积蓄跟师傅学种树的二十一岁姑娘
摆脱贫困，满怀憧憬与“真爱”结婚的二十四岁新娘
因丈夫醉酒车祸身亡而得以摆脱无望婚姻
却以一句“太老了”被工厂辞退的三十一岁母亲
四处打工求生、为给女儿落户而再婚的三十二岁农妇
屡次找工作被拒、想画画卖钱的五十岁病人
孤身一人从浙江跑到福建，参加公益美术培训的五十一岁学生
到深圳画家村看画家画画、靠女儿每月寄来五百元为生的五十二岁信徒
在北京写字楼打扫卫生间、租住在城中村的五十三岁清洁工

今年，她五十六岁了，还在北京打扫卫生间，像无数个她一样
还利用午休时间画画，像三年前的她一样
她的风景画标价二百至八百元

最好的一幅，卖了二千元
最喜欢的，多少钱也不卖
画里，是她的理想。她很满意
现在的生活。她也喜欢读书
尤其是杜甫和余秀华的诗

我看着她在镜头里侃侃而谈
“扫厕所做清洁，是为了养活身体
读书画画，是为了养活灵魂”
——似乎曾经的苦，都不是苦
是度，而人间
只是一座小小的庙宇

2022 年 9 月 10 日

致玛利亚·索

你走了，一百零一个年轮

——

回到驯鹿的眼睛里，用自己的眼睛挽留
回到白桦的汁液里，用自己的唇舌挽留
回到苔藓菌子的纯洁里，用自己的手指挽留
回到奔腾的大河边，用皮肤的微冷挽留

献出自己，给逝去的族人、亲人
献出自己，给曾经刻骨铭心的爱和生活
献出自己，给赠予自己一切的神
——除了自己，自己，你
早已一无所有

你挣扎得太久、太深，在两个世界的缝隙
两边都是你的亲人，死去的，活着的
两边都是你的生活，狩猎的，定居的
两边都是你的向往，长久的温暖

艰难的自由
七十多年了，你已把挣扎
变为唯一的等待——献出自己

你从不惧怕肉体的死亡
使鹿部落最后一位女酋长，这个命名
锋利的刃，封喉的冷
你佝偻的腰，背负着
一个部落、民族的选择
一种生活方式、文明的取舍
精神之重，超过肉体衰老的脚步

等待，在大兴安岭的夜幕发亮
你向久远的故乡，蹒跚而去
一点一点，远去，消逝
你没有回头。从此

——你活着，永远，在一本叫

《额尔古纳河右岸》的书册里

2022 年 9 月 19 日

愿意喊“妈妈——”的女人

我之所以忘不掉那个女人
是她喊的一声声“妈妈——”
那时，她已三十多岁
像她智力低下的儿子，见到
独自拉扯大五个孩子的苍老母亲
她都会不停地、响亮地喊“妈妈——”

有一天，我也开始喊我的母亲“妈妈”
在人生的那个寒夜后。我是想
把母亲喊成年轻的模样
把自己喊回童年
这样，就可以把岁月的苦和疼
推远一点，再推远一点，甚至装作
永远不会发生

2022 年 10 月 24 日

阿依夏的妈妈

十四岁的阿依夏，坐在我的对面
略带羞涩地述说烦恼——
她很勤奋，成绩却不理想
她三十四岁的妈妈，坐在旁边
天气没有昨日晴朗。妈妈察看着
我们的脸色——她听不懂汉语
阿依夏聊起了小姨，满是羡慕
小姨上了内初班、内高班
现在天津的一所高校读大四
妈妈猜出了这一句，她笑了
身体却微微发抖。妹妹的生活离她太远了
这辈子她是赶不上了，女儿还有机会
这也许就是她带女儿来的真实原因。她还在发抖
我确定她生病了。果然，她昨晚就发烧了
我赶紧打断小姑娘的闲聊。我看着她们的背影
一个三十四岁的女人，独自带着三个孩子
若不是帮父亲养牛，该如何支撑下去
明天她要带阿依夏配眼镜，这是天大的事

至于自己的病，还有早就该做的耳科手术

她觉得自己可以撑过去，甚至再放一放

2023 年 3 月 12 日

阿　喜

你的声音颤抖，泪珠就要落下来
从你的、我的脸上

你在读一首诗，一首我写给
自己的诗。现在，它找到了

另一个主人——我走失的姐妹
它属于我，也属于你

她眼帘低垂，听你颤动的音线
传递内心的雷鸣和浪头。她惊讶于你

与一首诗的遇合，是在读第三遍之时
没人知道发生了什么。除了我们

也许，中年的我们，还未真正懂得爱情
也不期待慢慢到来的幸福

这并不妨碍，我们爱自己，以及用爱
谱写的这本尘世之书、时光之简

2023 年 4 月 16 日

你把自己，画进虎的眼睛

——给爱林

你把自己，画在虎的眼睛里
懵懂的，好奇的
疲惫的，抖擞的
慈爱的，调皮的
冷峻的，温柔的
风雪中傲立山野的
闲适于林荫下的
沉醉于爱情、亲情、友情的
……

你把一个世界，画进虎的眼睛
于是，获得了另一个新世界
以星星般明亮而新鲜的动物之眼
观察世界和自身的角度

2023 年 6 月 1 日

步入完美

——给蔚蔚

作为女性，你是完整的
乖女儿，好妈妈
贤妻，孝媳
这些标签或身份，你完成得很不错

所有的完整，由一个残酷的不完整成全
你听不到——一岁多的一场高烧
关闭了世界的一扇门
又打开了另一扇绘画之窗
由此，你找到了自己
也被另一半找到
不完整的你，不完整的他
诞生了完整的、幸福的结晶

你站在那里，用手势和单音节的“啊——啊——”
屏幕上的汉字，与我们交流
你的笑容，阳光般坦荡、饱满
让你一分一秒地，步入完美

我预订了你的一幅莲花图
想让完整的自己
拥有与你一样的完美

2023 年 6 月 2 日

楼兰的女儿

——给热孜宛

是你穿越了时间
回到遥远的、被沙漠掩埋的故乡
还是时间为你而发生扭曲
让另一个曾经的你，附身为此刻的你
你从光之流沙中走来
罗布泊的楼兰公主
鄯善的楼兰新娘
你用舞蹈演绎了新的历史
库木塔格的摇篮摇呀摇
就要摇出一位楼兰王后
这或许是你——一位舞者，最后的华彩
尽情起舞吧，楼兰的风沙
已绝尘而去
而你，只要迈出珍贵、艰难的这一步
就能塑造两个真实的自己

2023 年 6 月 3 日

剪纸的女人

——给非遗传承人季玉兰

一把剪刀，一张纸
剪出了你的艺术世界
那里，挂满了圆润、甜蜜的葡萄
像你出生、成长的吐峪沟

吐峪沟那么小，你的世界那么大
鄯善，吐鲁番，新疆，中国
你走进了非遗传承的长河
几十年前，奶奶教给你的，是枝叶
今天，你传授的，是根和灵魂

世界那么大，你只想把家乡剪出
生活那么丰富，你却用剪刀做减法
减到，看到什么，都会想剪出来
减到，除了剪纸，连家务也做不好
减到，你的名字和剪纸艺术融为一体

2023 年 6 月 14 日

一位孤独症孩子的妈妈

我去看她，不是要写她
而是去探望一位陌生的母亲
——一位孤独症孩子的妈妈
他们在友人的文章中，呼唤我

她早早在门口迎接
带着我熟悉的笑容——眼里有光
她有我熟悉的名字，哈斯叶提
这种巧合，让人惊讶

她轻轻呼唤十八岁的儿子
像对襁褓中的孩子。他的智力
停留在一岁多。她的憧憬
也凝固在那里

她哭，她痛
她希望，她绝望
学汉语，放弃会计工作

为了孩子，她做了能做的一切

十七年时光，长于儿子的身体
十七年时光，母爱击穿绝望，悬崖边盛开
她微笑着，说着过往
仿佛在说书本中他人的故事

她接受了我们一半的心意
说这已经足够。她的态度如此坚决
像接受一个听不到“妈妈”的母亲身份
接受一个永远活在一岁多的儿子

2023 年 6 月 14 日

做花帽的女人

——给凯丽曼·买买提

你比妈妈走得远
她教给你的花帽手艺，你教会了
更多的贫穷村民

你比斯尔克甫村里的姐妹们走得远
自学认字、写字，为你打开了
一个全新的世界

你比连木沁的女人走得远
你的手工艺品合作社，把贫穷赶出连木沁
把连木沁的绣品推向全国

你一直在走，走进了北京人民大会堂
在那里，你这个曾被一本书改变命运的女人
又一次产生了改变命运的梦想

你仍然奋斗在吐鲁番这个炎热的地方
心，比火焰山的温度还高

点燃了，一座职业技术学校的火焰

你仍然努力在鄯善这个神奇的地方
心，比坎儿井的水清纯、明亮
多少人的命运，因你而润泽、清凉

你想走得更远，超越自己
你奔跑在梦想中——东方巨龙
腾空而起

2023 年 6 月 17 日

连心和她的鸽格

当她说到，二十七岁女儿的病故
两个月后母亲也离开人世
那只鸽子，从博古架上的憩息之地
飞过来。在我们围坐的茶台上方低旋一圈
又飞回去，静静地卧下
她的脸上露出了母性的微笑——
只要提到女儿，“鸽格”就会飞过来

我想起早晨的一幕，同样是这里
她去医院探望病重的父亲
我们自然而然地谈到她——
一个九岁开始画画的连队小女孩
一个由两个弟弟雨天赶着牛车送去上大学的姑娘
一个拿不出足额学费死缠烂打申请就学补贴的女生
一个被分配到乡化工厂工会的美术系大学生
一个开办了县第一家广告工美部并坚持营业三十年的个体户
一个独自飞往马来西亚参加“环球夫人”公益活动的女人

一个懵懂结婚却在婚后收获爱情的幸运儿
一个喜欢画佛并用以做慈善的县美术家协会主席
一棵致力宣传楼兰文化的“鄯善小草”

我们被她的故事深深吸引。那只鸽子飞到茶台上
漫不经心啄食，茶台缝隙中的瓜子米和芝麻
（后来知道，那是她为它专门放置的）
当一个朋友说起，她因画佛而蒙受委屈
那只鸽子，众目睽睽之下，在茶台上
拉了一泡屎，然后振翅而去
——它在表达抗议，谁也不能否定她

她说，鸽子是来陪伴她的
她认定那只鸽子是她的女儿
它的确听得懂她说的话
我们都是无神论者。此刻，我们乐意
相信她们，并与之创造

一个至善至美的童话

2023 年 6 月 19 日

在古桑树下听吐鲁番木卡姆

——给依力老师和五个女弟子

六月。鲁克沁。三个桥村
穿越几个世纪而来的旋律
淹没了火焰山的高温

木卡姆。都塔尔。手鼓
你，木卡姆传承人和五个女弟子
吐鲁番木卡姆的源头，溪水潺潺

你说，手鼓是铁路，都塔尔是火车

打手鼓的古丽米热，脱下田间耕种的服装
换上维吾尔花帽和火红的演出裙装
瞬间进入状态。她边弹边唱
嗓音浑厚、高亢

穿着玫红长裙的肉孜汗，四十八岁的农民
一唱起来，眼睛传神，眉毛挑动
每个细胞都像在伴唱

木卡姆的欢快，在空气中跃动

你说，木卡姆是古老的，也是现代的

黑眼睛、黑长发的阿衣尼莎
着黑白艾德莱斯紧身裙的阿衣尼莎
网红民歌主播阿衣尼莎，坐在树下
安静得像一池水。矛盾的统一体
声音飘出，石头上流淌
浓浓的忧伤。黑眼睛的深邃
木卡姆一样的神秘

你说，木卡姆是小众的，也是大众的

米热古丽，中心小学的音乐教师
她的眼神、手势、神情
似乎在课堂上给学生示范，标准、优雅
当她唱起《牡丹汗》，是吐峪沟

每天拉着手风琴，唱半小时民歌的
民间艺人的小女儿

你说，木卡姆是民间的，也是国际的

热沙莱提，眼帘低垂，优雅地坐着
一副聆听者的模样。音乐响起来
她的眼帘依旧低垂，左脚踏着节奏
艺人的谦卑与自得，宫廷演出的典雅、庄重
弥漫在蓝色的阴影下
她的父亲，是你德高望重的师父

你说，要说的，都在木卡姆里
你说，木卡姆里，有人间的一切
我们聆听，在一棵同样古老的桑树下
聆听木卡姆的传世诉说

2023 年 6 月 19 日

古桥客栈的女主人

她的脸上始终阳光般明媚
即便说起丈夫因腿疼辞掉城里的工作
女儿出生时缺氧，去乌鲁木齐治疗了两年多
雇用的两个厨师屡屡因醉酒而影响客栈的生意

她说起眼前的客栈，婆家的传统民居
古典而富有现代气息，是她亲自设计改造的
也是三个桥村的旅游名片。另一张名片
是学旅游专业的她，村里的义务讲解员

她的人生一直在为生计奔波
导游，小学代课老师，考编
她像汪洋中的一叶扁舟，孤独地拼搏
努力成为想成为的自己

现在，她的愿望已经达成
客栈成为乡村旅游民宿的示范点
集体的力量把她推向浪尖

——新时代无数个弄潮儿之一

她把自己的命运，与三个桥村的发展
融为一体。木卡姆弹唱，特色餐饮
田园式民居，专业导游服务
她给自己设置了一道道难题

她一点也不胆怯，她的背后
是整个村子期盼的眼神
她的前方，梦想的火焰熊熊燃烧
——一只凤凰起舞，在光中

2023 年 6 月 21 日

幼小的奇迹

——给刀郎画乡打手鼓的小姑娘

卡龙琴的琴声响起
欢快的鼓点，荡漾在刀郎画乡的午后
你摇摇晃晃地跑过来
坐在火红的地毯上。那个位置，只适合你
身后是乐师，一个弹琴，两个打手鼓
前面是三个旋转的身影
周围，一群内地的游客不停地拍照

你那么小。手中的玩具手鼓
比你的脸蛋大。你那么小。紫衣，白裙
白色小皮鞋。亮亮的黑眼睛，睫毛扇呀扇
像红地毯上摆放的玩具娃娃
你那么小。拍摄的游客都怕吓到你

一双小手，一面小手鼓
一个生长在麦盖提的奇迹。随意，自由
你的击打，与乐师的节奏融为一体
你用年幼，呈现出歌舞之乡的魅力

突然，你成为关注的中心
那么多的镜头对准了你
你被吓住了，小花帽掉了
手鼓声停了。眼神呆呆的
不能再进入音乐的殿堂

你的玩具手鼓，那么小
你坐在红地毯上，那么小
你多幸运，拥有两个世界
虽然，“幸运”这个词
和你一样，需要慢慢长大

2023 年 6 月 25 日

朗读者

她读的第一本书，是《红楼梦》
最喜欢的，是薛宝钗
印象最深刻的，是《悲惨世界》
噙不住的泪水，坠落人间的疼痛
正在读的《论语》，让她头脑中
模糊的星云，清晰呈现

顺着十岁儿子——阅读小明星马天昊
这根藤（已经朗读完五百多本书）
我们找到了妈妈——留子庙村一位回族村民
她言语中的芬芳，胜过做山的花朵状油果子
和热气腾腾的节日粉汤

儿子的变化，让她迈进朗读的大门
她像泥土中的蝉，感知世界的美妙
和自己细微的变化。她把村委会工作的丈夫
小学教书的女儿，领进书籍的世界
受益的女儿，又让更多的学生

走进朗读，爱上读书

她表达不清，朗读带来什么
她写下的《书香之家诞生记》，像她一样
言语朴实，情感真挚
却写出了她说不出来的，读书的真谛
——成为更好的自己

2023 年 6 月 30 日

玉西布早村的阿依霞

没有草场和羊群
它们，和早已远去的父母
活在她和相依为命的弟弟的记忆里

没有哈萨克的装束和黄铜茶炊
它们，和走远的游牧生活
落在玉西布早村的往昔

她坐在没有院落的自家砖房里
像做客的小姑娘，拘谨中带着羞涩
这个四十七岁、贫穷的女人
这个照顾有心脏病的弟弟而没有嫁人的姐姐

她有自己的世界。那里羊群如云
播撒希望的种子
骏马奔驰着她的自由之翅
她拥有那么多的女伴——
都有一双和她一样的大而明亮的眼睛

她每天都在画。这个世界给予她的
有多少，那个世界补偿她的
就有多多。感谢神
让她从小就喜欢上画画
感谢神呀，让她的画快点卖出去

2023 年 7 月 3 日

盲女推拿师

我们围坐在一起。店铺外
榆树的浓荫，恰到好处的缓释剂
她侧着头，耳朵对着说话的人
蒙着白翳的眼球转向声音的来处

她曾以为，一辈子都要在木垒新户镇的
一个小村子里度过，孤独而无奈
直到她二十多岁去昌吉学习按摩
认识了同是按摩师的一个小伙子

她结婚了，有了一家属于他们的小店
一个健康的儿子。世界是一个球
完整而饱满。她看不清
她用心，把它撑圆

她的幸福那么脆弱。十一年时光
因丈夫突发心梗离世而终结
他那么近，又那么远

似乎她双眼与生俱来的微弱光感

她说起丈夫，给儿子辅导功课
她穿着的小蜜蜂图案的粉色上衣
对她推拿技术的肯定
好像他还活着，就在她的身边

她十二岁的儿子，默默地坐在台阶上
看着我们一丝一缕，把妈妈的世界打开
世界是一个漏气的球。她得用一双不大的手
和二十多年的手艺，独自把它撑圆

2023 年 7 月 4 日

阿尔娜西的心事

娜西打的馕一天能卖出五十个
有时候一百个，甚至一百五十个
娜西每天做十几公斤地道的哈萨克酸奶
还做一份清洁工的工作
娜西那么忙，没空儿想怎么也想不明白的心事

没有游客的冬天，娜西依然忙碌
天山的雪有多白，她擀的羊毛毡子就有多暖
娜西的彩毡绣活数一数二，那是妈妈鞭打出的疼痛
天山的雪有多厚，她的心就有多热
娜西那么忙，晾凉了她的心事

——那么忙。忙着做婆婆的好儿媳
做赛力汗的好妻子
她用了二十多年的忙碌，驱逐
一个永远不能降临的婴儿
排空身体里疯长的母性

她找不到更好的办法
忙，让她远离自己
又回归自身。她结出一枚果子——
她，等于她自己

2023 年 7 月 5 日

养稻田蟹的女人

她是村里第一批养稻田蟹的人
那是二十多年前的事
她是今年村里种植水稻最多的人
——二百三十亩，去年是六百亩
还能坚持种多久呢？她也不确定
经营了这么多年的有机稻米品牌
还有积累的丰富养蟹技术
断舍离，多么艰难、沉重的话题

或许，她割舍不下的
是与丈夫一起劳作的往昔
多么狠心的人，把她和儿子孤零零地
丢在寒凉的人世，丢下一堆债务
多么要强的人，她又承包了几百亩开荒田
为了还债，为了活给人看

她像个陀螺，从天亮转到天黑
她的词典里没有“休息”一词

现在，她坐在七月的溽热里
在轮椅上，吩咐着不远处稻田里拔草的人
她侧脸对我说，要不是骑三轮车
把这条腿摔断了，真没工夫接受你的采访
活多得干也干不完

夕阳拉长了万物的影子。我的影子
与她的，慢慢重叠、融合
仿佛我们是一个人——
她的体内，有一个我
或者，我的体内，有一个她

2023 年 7 月 6 日

唱“新疆花儿[1]”的姐姐

我写过一首诗，是送给你的
那时，浩大的春风吹绿了山野
白色的菥蓂花开遍马场湖村
——“唱花儿的姐姐，你快快开口
为所爱歌，为自己唱”

姐姐，唱吧，为所爱唱
唱出四个“花花尕妹”
唱出男女版的“寡妇上坟”
唱出民间小调演变而来的“送大哥”

姐姐，唱吧，为自己唱
唱出一座葡萄满架的“花儿小院”
唱出一个和美幸福的“五好家庭”
唱成一位一年演出几百场的“道德模范”

1. 新疆花儿：花儿是甘肃、青海、宁夏一带流行的一种民间歌曲，由西迁的回族同胞带入新疆、发展于新疆的花儿，有着强烈的地域特色和回族音乐风格，因而被冠名“新疆花儿”。

唱吧，姐姐，为所爱，为自己
让花儿的馥郁芬芳大地
让花儿的魅力浸润人心
让花儿结出传承的硕果

——“唱花儿的姐姐，我想
听你的故事。皮肤黝黑的姐姐
唱一曲野性的花儿吧”
你的故事，都在花儿里

2023 年 7 月 7 日

一位脑瘫患者的妈妈

她晕倒了——在采访时
就在我们的对面，旁边是她的儿子
正连比带画、含糊不清地说着

几分钟前，她还是矍铄、健谈
自信满满的形象。她为自己自豪
从矿山机电专业学生，到石化技校副校长
从宁夏到新疆，从阿勒泰到乌鲁木齐
走到哪里，新疆舞就跳到哪里
勤奋务实、能力强的赞誉就留在哪里

她为儿子自豪。一个出生时小脑受损的
孩子，翻破六本字典学会了认字
用一根手指打字，出版了诗集和长篇小说
用牙齿咬着笔，画人物肖像
写的歌词，获国家级大赛优秀歌词奖

她慈爱地看着儿子，把他说不清楚的话

转述给我们。说得那么流利、有力
倒茶的动作娴熟、利落
以至于我们忽略了她的年龄——
一个八十二岁高龄的母亲
忽略了她打哈欠的缺氧征兆

她晕倒了。这肯定不是第一次
几分钟后，她醒了过来
我们长舒了一口气，似乎醒来的
是自己。她和我们都明白
不能倒下。否则，垮掉的是
八十四岁老伴和五十一岁儿子的家

2023 年 7 月 7 日

自带芬芳的女人

——给缔花集创始人苗冬瑞

你踏上故乡的土地，像受委屈的孩子
寻找生命本源的温暖。伊犁河谷盛开的薰衣草
用神秘的芬芳和高贵的紫
收纳、安妥你，并唤醒你

唤醒你懵懵懂懂的童年
唤醒特克斯牧场的蓝天空、绿草地
果林中央三间房屋的小学校
唤醒心灵深处的另一场眠——

你要醒来。从西天山的每一株植物
从哈萨克邻居送来的土皂——刚出生妹妹的祝福礼
从院落四角苦蒿升腾的烟缕——母亲说，可以防蛇虫
从那些色泽鲜艳的羊毛织品——母亲，魔术师般的母亲

你醒来，带着植物的芬芳
和亲人的芬芳。你的遥远童年
是一座神奇的花园。它的芬芳

盛开在你的梦境

挽留啊，挽留——
一块古法冷制手工皂，一个西域故事
一支古法制香，一个西域故事
所有的西域故事，都是植物芬芳的故事
都是你摇摇晃晃的家园记忆

挽留的，还有灵魂——植物的香味
你的持香探索——把植物的色和香
漂染、编织于丝线的生命，开启了
植物香染的创新之路、跨界之旅
每一个灵魂，都是你芬芳的事业

你说，还要建一座香草非遗主题馆
却一字不提事业的艰辛
仿佛你的生活里，只有芬芳
那么，你也是自带芬芳的人

而我们的相遇，一定不是偶然

2023 年 7 月 16 日

Biydar[1] 沙克玛

她不记得是从什么时候开始失眠的
是从第一年报考中央美院失利之时
还是第二年就读后感觉自己的油画水平太“业余”
或是选择一点都不了解的雕塑专业后

她失眠了，像一个真正的失眠者
黑夜的寂静，散发万物的声响
她的大脑，聚光灯明明灭灭
一张张焦虑、萎靡、模糊不清的脸

她失眠了——她要从网中跃出
她试图把失眠从身体里掏出
用泥块，用木头，用丙烯
用能够想到和利用的所有材料

用雕塑，用油画

---

1. Biydar：维吾尔语，失眠者之意。

用自己掌握的美术语汇
把失眠从身体，转向思想
让失眠成为一种醒——觉醒

是她创造的失眠者“觉醒”系列
让她从另一场人生的“休眠”中醒来
是它找回了她，还是她从未真正放弃它？
是她创造了它，还是它再造了她？

失眠者沙克玛·热夏提
觉醒者沙克玛·热夏提
维吾尔女雕塑家沙克玛·热夏提
Biydar“觉醒”，是她的另一个名字

2023 年 7 月 18 日

服装设计师努尔雅·艾尔肯

缝纫机的嗒嗒声，于你
是奶奶轻吟的摇篮曲
你长大了，她走远了
它，唯一的通道
你们穿越、会合于此

像是被启动了神秘的开关
奶奶缝纫的画面涌出
才上初一的你，拆掉自己的衣裙
照着妹妹喜欢的款式
裁剪出自己的第一件作品

从此，你开始设计自己的人生
遥远的浙江，服装设计课堂，你无意间
找到了，属于你的设计密码——拼接（或混搭）
你是幸运的。也许，它藏在
你的血液和基因——一个混血儿

你回到了伊宁，一座多元之城
传统与现代，边地与中原
民族与世界。一个无尽的宝库
你拼接，你组合
你奔跑，你飞翔

二十八岁的你，拥有两个小店铺
和自己的品牌 KIMXAP[1]。它们盛不下你
你需要更大的 T 台，演绎、展示
那样，你才是幸福的
现在，请先接受我的祝福——
美丽的准新娘，一生幸福

2023 年 7 月 19 日

1. KIMXAP，品牌设计理念是以传统文化与时尚潮流的结合为基础，追求自由舒适的风格。

行走在人民中，生活里

——给苏国晖

你说，你的家族落户伊犁已经八代
是名副其实的老新疆人
你说，图书馆专业毕业后，被分配到
伊宁文化馆工作，直到1990年调入伊宁图书馆
你说，2007年申报自治区级非遗项目满族颁金节[1]
并幸运地入选区级非遗代表性传承人

从此，你的人生踏上了另一条路
从图书管理者，到图书借阅者、研究者
从非遗传承人，到非遗项目挖掘者、管理者
从怯生生的被培训者，到专业的培训者

你行走在壮美的伊犁大地
草原、雪山、河流、田畴……
行走在多民族瑰丽的文化殿堂

---

1. 颁金节：农历十月十三日，是满族的诞生纪念日、命名纪念日。

恰克恰克[1]，伊犁维吾尔族民歌，俄罗斯巴扬[2]艺术
满族颁金节，乌孜别克族婚俗，伊犁木刻版画
行走在一本本书籍的字里行间

行走在人民中，生活里
你把自己走成了专家
你用行走，践行了非遗——
“一门走出来的学问”的真谛

2023 年 7 月 20 日

1. 恰克恰克：维吾尔族流传数百年的民间曲艺艺术，在维吾尔语中有讲笑话、开玩笑、幽默风趣之意。

2. 巴扬：俄罗斯民族乐器，键钮式手风琴。

卖甜瓜的女人

我们都舍不得离开
葡萄架下的诗歌分享，让落雨
细密如酥。羊毛工镇的凉皮、烤肉
驱散了阴风的寒凉
她坐在路边的瓜棚里，双手插进棉衣袖口
像一座雕塑。她没料到我们会停下
雨那么大，谁会来买瓜呢
我们坐下攀谈起来。她似乎很高兴
有人能陪她度过这阴冷的天气
她那么像我从小熟悉的连队阿姨
河南口音像，黑瘦的身影像
每天吃两顿饭，每顿饭吃两个馍
她也像我们的母亲。一个人种三十二亩地
为二十六岁未婚的儿子攒买房钱
她一直在笑。没什么事情能让她发愁
包括脑梗后帮不上忙的丈夫
她卖自己种的东西，现在是甜瓜
之后是包包菜、萝卜、大葱

直到十月份。风更凉了
她拿出一件看不出颜色的旧外衣
让冷得发抖的我穿上。她说起
她的女儿，在乌鲁木齐加工玉器
每年帮她在网上卖瓜。她种的瓜很甜
顾客大多是回头客。她不时抬头看看天
临走时，我们买了六个甜瓜
这的确出乎她的意料
接下来的几个小时，我不时到窗台看看天
天终于晴了，她那堆瓜
今天应该可以卖完——这可是天大的事

2023 年 7 月 22 日

美，从不会缺席

——致佟庆玲

是你，把自己领入绘画的大门
十五岁的你，河边，看到写生的画家
临摹了二三十张画作，毛遂自荐
幸运地，成为他的学生

是木刻版画，让你初尝被认可的前味
你把身边的场景——满族女人跳舞
捕捉，雕刻。从此，你铭记
艺术源于生活，又高于生活

沿着这条路，你幸运地获了几项大奖
别人说，你的起点很高
只有你知道，童年时
爷爷的手艺，潜移默化熏陶了你

你想走得更远。在浙江美院
麻编，刺绣，毛线画
一看就会。你并不明白

这，意味着什么

直到去特殊教育学校义务讲课
凭手艺自立，聋哑人也能成为艺术家
“心灵如花盛开”，展出的，是初学的手艺
是激荡的心灵——你的，他们的

人人都可成为艺术家
琼库什台，拿羊鞭的手
拿起了刻刀。察布查尔县
木刻学习班，把小白杨精神传递

传承下去的，除了木刻版画艺术
还有善心。福利院的两个孩子
在你的资助下，完成了大学学业
又回到福利院，为更多的孩子服务

予人玫瑰，手有余香

你把芬芳，栽种进一颗颗心灵

它的风味，历久弥香

——美，从不会缺席

2023 年 7 月 23 日

“解忧公主”朱春雷

你的童年，像倒带的磁带
读完四年汉校，又重新读三年民校
你的爱情，像一个真实的童话
同桌的你们，一见钟情
你的婚姻，像一出经典的戏剧
逃离娘家，嫁给所爱之人，成为哈萨克媳妇

你的生活，像一部看不到结尾的长篇小说
充满了暗礁和反转——
你与生俱来的心脏缺陷，炸弹一样爆发
捡回一条命后，丈夫却查出脑瘤
一年多后，给你留下一百多万元的债务
带着两个年幼的孩子，你苦心经营一家餐厅
三年多时间还清了债务，然而
病魔没有走远，子宫瘤、脑梗接踵而至
你又站了起来。为了孩子的教育
放弃县城的大餐厅，开了市里的小奶茶馆
在六星街，你的哈萨克特色高档餐厅就要开业了

出嫁二十一年，经历亲人的生老病死
你的生命与哈萨克人、哈萨克文化，融为一体
甚至你的容貌、语调、举止
你喜欢的是解忧，而不是细君
你的抖音就以“解忧公主”为名
你坐在我的对面，温婉述说自己的故事，用汉语
屏幕里，你娓娓讲述哈萨克民俗、礼仪，用哈萨克语

你不知道，还有什么在前方等着你
你确信，它们不会比你经历过的更难
天塌下来，你也得撑着
何况，天从不会塌下来

2023 年 7 月 27 日

泪水，已从自己的脸庞滚落

——致王雪梅

从喜欢吃吊干杏[1]，到开荒种杏树
从种无机杏，到有机杏
从种有机杏，到取得有机认证
你用了近二十年光阴

从一个“小白”成为专家
你曾经活成了别人眼中的“笑话”
也曾山穷水尽
也曾雪上加霜

你想过放弃，却不能——
为耕种这一千亩杏园，积劳成疾三十四岁远去的弟弟
为备受丧子之痛煎熬的，两年后离世的母亲
为数次危急关头，一如既往支持的家人、朋友

---

1. 吊干杏：树上干杏，俗称小金果，是天山北麓特克斯河谷和伊犁河谷特有的野生小甜杏。因其熟后不落，受干燥季风的吹拂，慢慢于树上自然风干而得名。此杏风味独特，纯美甘甜，营养丰富。杏核极薄，轻嗑即食，香甜无比。

耕种，耕种
唯有耕种，才能和远去的亲人更近
有机，有机
唯有有机，才能把共同的初心达成

你坐在那里，微笑着讲述
眼中却噙着泪花
我一次次将纸巾递给你
全然不知，泪水
已从自己的脸庞滚落

2023 年 7 月 30 日

柳芭俄罗斯列巴房的莉莉娅

在六星街，莉莉娅经营着两家店铺
一家柳芭俄罗斯列巴房，柳芭是妈妈的名字
一家伊琳娜的茶吧，是姐姐的名字
那里弥漫的，是她出生后就呼吸的气息
芬芳，甜蜜，带着亲人的体温

莉莉娅做的列巴，是用纯天然食材
像妈妈、妈妈的妈妈做的列巴一样
莉莉娅做的列巴，是有温度有故事的列巴
温度，来自亲人肌肤和心灵的熨帖
故事，从遥远的俄罗斯，到伊犁，延续了四代

莉莉娅做的列巴，比妈妈、妈妈的妈妈做的
更专业。面粉、酥油、牛奶、鸡蛋、糖、水
看似简单的配比，她调试了半年
她还试出了，列巴第二天比刚出炉的更好吃
冷冻过的面包，自然解冻后风味依旧

莉莉娅有一个秘密——
情绪不好，坚决不做列巴
“你生气的时候，酵母也会生气”
焦虑的时候，必须去做列巴
蓬松起来的列巴，会把压力释放

做列巴的莉莉娅，学会了做很多种面包
丹麦面包，日式面包，法棍面包……
只有做列巴，才让她有幸福感
有列巴的地方，就是故乡
她，是为做列巴而生的

2023 年 7 月 31 日

她用岁月收获了一个真理

——致马丽

大个子的回族媳妇马丽，现在的生活
蜜一样甜——
管理着一个三十多个工人的车间
流水线昼夜不停，生产葡萄糖
每月领八千多元的工资
每天开着小汽车上下班

曾经，因为照顾生病的奶奶而退学
与工厂倒闭而失业的妈妈在夜市摆摊
卖凉皮，卖水果、玉米、刨冰
婚后因为付不起两元钱的车费
而回不了娘家

偶然地，不怕苦和累、只怕穷的她
走进了工厂的大门。从农民到工人
之后是班长、组长、车间副主任
十年间，她完成了一次次艰难的蜕变
成长为一个她不敢相信是自己的女人

看着这个女人，她自豪，又心怯
要学的业务知识那么多
管理能力、水平那么欠缺
还有，更重的担子还等着她挑
幸好，丈夫，卖皮衣时认识的丈夫
一直鼓励她、支持她

当所有的苦，变成甜
她用岁月收获了一个真理——物极必反
所以，她更加珍惜现在的甜
用执着和汗水，勾兑、稀释
让甜，一点一点地，慢慢溶化
夜深人静，一个人独自品味

2023 年 8 月 1 日

用脚步丈量大地的人

——致摆俊萍

快四十年了，你一直在做旅游
从最初的外事办公职身份，到旅行社企业人员
再到如今的个体户，你似乎不能选择
只是顺应内心的召唤

你曾有过迷茫，像离群的孤雁
经历失落，像光脚的、暗淡的灰姑娘
也会惊恐，像被抛入风浪大作的汪洋
热爱，支撑你，推动你

家乡，旅游，热爱的金线把两者拴紧
家乡的土地，用脚步丈量
用旅游，宣传、推广美丽的家园
爱家乡，爱旅游，于你，是一体的

你收获的那么多，多不过
服务过的游客，有些成为一辈子的朋友
西藏、内蒙古，你未涉足的神奇之境

退休后，你要慢慢游历

热爱，一个闪闪发光的词
一种激情澎湃的情愫
你落实、印刻，在大地上
从迈出的每一步

2023 年 8 月 1 日

追梦人古丽妮沙

当有人说，你太适合做旅游了
她不免困惑。血液里，涌动歌舞的基因
况且，大学学的专业也是音乐
当然，汉语流利、标准，气质出众
性格活泼，都是加分项

那是一个更大的舞台。她多年轻呀
年轻到无法抵御新的光芒
无法预料前方的电闪雷鸣
那时，她还没领悟到“工作着是美丽的”
不知道“成长比成功更重要”

她的确适合做旅游。从讲解员
节目主持人、演员，到景区副总经理
她见证了喀赞其，从无到有
成为著名的 4A 民俗旅游区。然后是六星街
——田园风情小镇、音乐小镇的开发

她一直在学习，从游客身上学
实地考察学，书本中学
她说，最好的旅游，一定是生活本身
真正的旅游，是爱上这个地方
而不是从自己活腻的地方，去他人活腻的地方

她才三十七岁，更广阔的舞台敞向她
认真、自信、坚持、感恩
她如此自我教育。她笃信
机会，总是留给有准备的人
而她，就是一个奔跑的追梦人

2023 年 8 月 2 日

塔塔尔院子的卡吾赛尔[1]

卡吾赛尔，乌孜别克族的大姑娘
爱上了英俊小伙伊力达尔
嫁进了六星街的塔塔尔院子

卡吾赛尔，塔塔尔族的新媳妇
幸福的背后，拖着烦恼的尾巴
这里的一切，怎么都不一样？

卡吾赛尔，护士卡吾赛尔
不是称职的塔塔尔儿媳
灵活的双手，做不出地道的糕点

卡吾赛尔，儿媳卡吾赛尔
遇到了知书达理的好公婆
女儿一样，把塔塔尔文化教授

---

1. 卡吾赛尔：乌孜别克语，意为“水”。

卡吾赛尔，母亲卡吾赛尔
一儿一女，洋娃娃般可爱、漂亮
脸颊上的酒窝，盛满幸福和母爱

卡吾赛尔，塔塔尔院子的女主人
穿着塔塔尔衣裙和小花边围裙
一拨拨来访的游客，把她团团围住

卡吾赛尔，三十岁的卡吾赛尔
做的糕点，可口又好看
酿的格瓦斯，甘醇而浑厚

卡吾赛尔，忙碌的卡吾赛尔
我想听你更多的故事哦
你却无暇，向我细细道来

2023 年 8 月 3 日

另一种香弥漫

——致彩华姐姐

她，像一支深紫的薰衣草
摇曳在伊犁河谷的辽阔里
不，是一丛、一片
是漫山遍野。那高贵的神秘、芬芳
她痴迷，沉醉，提纯为芬芳的产业
和一生的事业。一身香氛啊
就让我叫她——香香姐姐

似乎还不够完美。另一项使命
降临：用声音，以朗读的方式
展示、传递美
自己读，朋友读
所有的人，一起读吧
让书香，弥漫田畴、牧场、河流
顺着雪的白，升至云端

她，虔诚的领命者
一手领受，一手赠予

手上的余香啊，云烟缭绕
源自一颗滚烫的芳心
她不知道，另一种香
在体内缕缕分泌，又悄然弥散
而我的心，细细品味

2023 年 8 月 4 日

四道坝村的女支部书记

高高的信号塔下
红旗招展。你的家
就在那里，那里

三十岁的村妇女主任
四十岁的村支部书记
你，撑起了村里的一片天

栽树，带着党员干
修路，带着党员干
架路灯、开荒、打井，还是你们干

自家的田亩，天没亮下地干
承包的线路车，只能放弃
你的血肉之躯，滋养鲜红的初心

干出绿树成荫，鸟语花香
干出稻浪滚滚，瓜果飘香

干出崭新的村庄，崭新的笑容

带出一批模范表率的村干部
带出一支年轻有为的党员队伍
带出一村心服口服、深怀感恩的百姓

四届支部书记——当一双手高高举起
它是最小的民意。当两千多双手
一起高举，那是你的丰碑

蓝蓝的天空，红旗招展
你站在那里，举起右拳
在高高信号塔构成的景深里

2023 年 8 月 5 日

把自己唱成孤独的“一”

——献给赛努拜尔·吐尔逊老师

多么小——
小到六星街院落内小小的舞台
小到一把都塔尔的深情诉说
小到用说话的声音歌唱
伊犁民歌，伊犁木卡姆

多么大——
大到整个世界成为你的舞台
大到都塔尔和琵琶的跨界演奏
大到唱得比说得更深沉、更动人心魄
新疆民歌，新疆木卡姆

从小到大，从大到小
环形的跑道。起点，终点
都是同一。都塔尔，扬琴
填词，谱曲
单旋律，和声

你那么小，世界那么大
你把自己唱成，孤独的“一”
世界那么小，你那么大
让维吾尔音乐，超越民族和国界
绽放深处的、辽阔的美

你，唯一的你
托起一个音乐家族的命名
托起维吾尔音乐的盛名
托起中国新疆木卡姆的新晨曦

2023 年 8 月 6 日

种白菜的女人，或想起她

每锄一下
就像她，砸在地上的一滴泪

还有她十八岁的女儿
那个炎热的午后，冰结在心里

第一季白菜，卖不出去，烂在地里
第二季，这几天就得栽种

种不成的话，女儿的大学学费怎么办
妈妈走了，我自己不会种

况且，还有十天就开学了
无奈的，委屈的，泪水，像雪豹的一跃

想起那一幕，她们的泪水
我手中的锄头，一下，一下……

狠狠地，砸进土里

2023 年 8 月 8 日

萨哈迪[1]女孩

蓝天。红衣。白领。黑靴。
飞翔。旋转。

越飞，越高。
越转，越快。

欢呼，兴奋，夹杂着一丝害怕
仰起的，不只是我（的头颅）。

她，在飞，在转，在笑。
之下，推杆的男人，疾步如飞。

扬起的尘烟，像马群的野心驰过
飘散，飘散……

够不到她。越飞，越高——

1. 萨哈迪：维吾尔语，意为“空中转轮秋千”，是麦盖提县刀郎人最喜爱的活动，以前是女孩子玩的游戏，现在男孩子也玩。

再给她十分钟，我们暂且忘记。

也让她超越，她的另一个身份
——农民诗人，努尔古·阿布力孜。

2023 年 8 月 9 日

慢慢到来的幸福

——赠阿曼古丽及其丈夫

我们一直盼着，新娘的出场
昨天，她还在村委会里忙活
好像今天，只是一个普通的日子

西瓜甜瓜老汉瓜，甜了又甜
馓子油饼，香了又香
热腾腾的抓饭和红烧鱼，唇齿生津

新人还未出场。熟悉的村民
急切的笑容。似乎着急的
是我们，不是他们

来啦——来啦——
阳光般的艾德莱斯衣裙。雪一样的白衬衫
披婚纱的新娘和穿黑西装的新郎

她，眼眸低垂，低垂
他，抬头挺胸，挺胸

拥抱，起舞。被掌声、笑声围拢

她，眼眸低垂，低垂
害羞地，甜蜜地
遮住盈满幸福的双眼

她，眼眸低垂，低垂
似乎一抬头，幸福之门就会开启
慢慢到来的幸福

慢一点呀，慢一点
新人慢慢相爱，爱到白头
爱过的人呀，不曾爱过的人
请慢慢地，慢慢地爱

2023 年 8 月 10 日

做煎饼的阿丽娅

一勺面糊，左手转锅架，右手持滚子刮薄
一个鸡蛋，右手打开，摊在饼上
转动着，再刮薄
胡萝卜细丁，葱花，银耳丁，花生碎，各一撮
撒上调制好的料粉，香味扑鼻而来
左边一折，右边一折
下边再一折，然后，放一根火腿肠
温柔地，折一下，再折一下
一个小小的襁褓——诞生了

十九岁的阿丽娅，微笑漾在脸上
巴扎[1]上，做煎饼，四个月了
每天一百多个。平时，在姐姐店里
做汉堡、烧烤。似乎有天赋
八九岁做的第一顿饭，就得到家人的称赞
嘴上说着，手下不停

1. 巴扎：维吾尔语，意为市集、农贸市场。

一张，一张，又一张……

一张，一张，又一张……
我和买日合巴站在摊位前，盯着看
一圈，一圈，锅架不急不慢地转动
转动着阿丽娅的手艺和生活
而我们，转动在时光的钟面
像自带波粒二象性的微粒
难以观察，无法解释

2023 年 8 月 13 日

卖菜的女人

一小堆土豆，一小堆白皮牙子[1]
小而光滑，可爱的模样
这，就是她所有的货品

几个尿素袋，铺在土豆皮牙子后面
一卷塑料袋，柔软的枕头
她向里而卧，睡意沉沉

我看不见她的脸
就像她听不见巴扎嘈杂的声响
不要打扰她啊，不要——

2023 年 8 月 13 日

---

1. 皮牙子：维吾尔语，“洋葱”之意。皮牙子分白皮和紫皮两种，紫皮的味道浓郁，经久耐放，价格稍贵；白皮的味道清淡，不耐储存，因而价格便宜。

卖西瓜的姐弟俩

十七岁的苏热娅，站在白杨树下
默默地，看着一地的甜瓜，
一个，一个
一行，一行
一列，一列
像逐一确认隐藏的秘密

婆娑的树叶，把八月的烈日织成网
玉米田的绿浪，送来喜人的风
一场甜蜜的故事
悄然进行。晒晒太阳
甜瓜会慢慢变甜的
爸爸的爷爷就是这样做的

十七岁的苏热娅，明年就要考大学
周末两天，放假的她，替哥哥卖瓜
多辛苦呀，一年到头都不得闲
十五岁的弟弟艾迪亚尔，一个暑假

都在卖瓜，还不大会招徕顾客
甜瓜，人，命运之手谁在掌握

遥远的准噶尔盆地，一对姐弟
眼神也如此渴盼，带着些许羞涩
摆在面前的，是两筐
粒小、酸甜的葡萄
三十年前的旧事，旧得
像新鲜的、酝酿着的这个午后

手上的两个甜瓜，成全了这甜蜜的
小事业——
为逝去的，和还未到来的
为被同一命运抓住的人

2023 年 8 月 14 日

卖帽子的阿依古丽

她，边忙着手里的活儿
边用维吾尔语和我们交谈

买日合巴——小小的翻译家：生意不好，
竞争太激烈。攒够本钱了，就去卖服装

这些，也写在她的脸上
她忙着，给买日合巴的新花帽，缝上几条小辫子

我还能做什么呢——这么多帽子
买一顶，就少一顶

少一顶，她的愿望，就近了一厘米

2023 年 8 月 15 日

炸麻花的女人

一锅不滚的菜籽油，漂着未黄的麻花
一张不高的桌子，高度适合坐着搓麻花
旁边的台案，大盘子装满诱人的麻花
花花绿绿的小零食，整齐摆放
身后的三轮车上，两个大面盆，一个已空

麻花，五毛一根
小零食，五毛一袋，或者一块
十岁的女儿，给食客递糖碟、添茶
八岁的大儿子，在回家取备用品的路上
六岁的小儿子，玩得开心，偶尔收一张五毛或一块的票子

一公斤面粉，二十根麻花
大巴扎日，人很多
要和三十五至四十公斤面
女儿的小手一刻不闲，为三十二岁的妈妈
翻译：小零食，当然卖不完

她微笑着。揪面团，搓面条
两只手掌反向搓动，面条对折、旋转
她微笑着。入锅，翻动
用铁钩钩住，金黄酥脆的，出锅
——一气呵成的行为艺术

每一次抬头，花朵绽放
牙齿洁白，嘴唇红润
黑衣裙，白围裙
在尘土飞扬的巴扎上
在轮廓清晰的生活里

2023 年 8 月 31 日

巴扎老妪（一）

不买什么，也不吃什么
她赶巴扎，为的是什么呢
太老了，耳朵听不清
眼睛似乎还看得见
要命的是，腰直不起来
站着，上身几乎与地面平行
她似乎无所不在
布料摊，果蔬店
卖农具、五金、锅碗瓢盆的摊位
卖抓饭、拌面、烤肉、凉粉的铺面
现在，坐在台阶上
刀郎羊母子的咩叫，围绕着她
她的脸上没有表情，或者已经看透
她在生活的这一端——巴扎
另一端，是麻扎[1]，她并不惧怕
她只是放不下，这个逛了一辈子的

1. 麻扎：维吾尔语，墓地之意。

人声鼎沸的周日乡村巴扎

2023 年 8 月 31 日

姐妹俩和山羊母子

四只山羊，两对母子
母羊沉静，小羊咩咩

十四岁的姐姐，默默的，握着牵母羊的绳子
六岁的妹妹，蹲着，和小羊说着话

一句随意而合乎情理的问话
一块坠入水面的巨石

四只羊，一千六
要一起买。急切的一句，不可言说的心思

姐姐的手，一下握紧了绳子
妹妹抬起的蓝眼睛，泪珠摇摇欲坠

我制造了一场风暴
之前，她们已经经历了多少场

这一天，她们都在风口浪尖上

风暴的中心，两对山羊母子安然

2023 年 9 月 2 日

塔克拉玛干沙漠探险纪念馆的讲解员

一位年轻的麦盖提[1]古丽[2]
一座年轻的刀郎画乡的纪念馆

一个在重庆读过大学的刀郎古丽
一座讲述塔克拉玛干刀郎文化的纪念馆

她的平静、自信被打破
当进入沙漠探险的展厅——

斯坦因，北纬39°，楼兰，小河，尼雅
被盗文物的复印件：壁画，珠宝，墓地……

几分钟后，她恢复常态
微红的脸，泄露之前的小小失态

---

1. 麦盖提：新疆喀什地区的一个县，位于塔克拉玛干沙漠西南缘，是刀郎文化发源地之一。

2. 古丽：维吾尔语，“花朵”之意，是维吾尔族女孩常用的名字。

——一颗宝贵的、真诚的心

还有，发卡上小小的装饰花帽
可爱，像她每句普通话后微微上扬的调子

2023 年 9 月 11 日

我也是你的镜子

——给女裁缝塔吉古丽

你看上了我拿来修改的新衣裙
它的尺寸不合我的腰身
如果是你喜欢的黑色，我会送给你

我瞄上了你裁缝店披挂的布料
一块，绿地黄叶的
另一块，是艾德莱斯图案[1]的

当黄叶飘落在我的绿裙
随着旋转的身影起舞
你微笑着，仿佛旋转的，是你

---

1. 艾德莱斯绸图案富于变化，样式很多，采用植物图案的有花卉、枝叶、巴旦木、苹果、梨等，采用饰物图案的有木梳、流苏、耳坠、宝石等，采用工具图案的有木槌、锯子、镰刀等，采用乐器图案的有热瓦甫琴、独它尔琴等。其他还有栅栏、牛角等。有的图案较为直观，有的图案则运用强烈艺术变形。图案一般是从上至下按规则排列。

艾德莱斯图案的，你要送给我
你确信，我穿上会很好看
比艾德莱斯更美的，是心意

我从镜子里看自己
艾德莱斯在我的身上发光
我在艾德莱斯里发亮

你的眼睛，另一面镜子——
盈满笑意和自信
骄傲于十几岁就习得的好手艺

你欣赏着，快乐的、斑斓的我
像看着年轻的、匀称的自己
我也是你的镜子，时光已把它磨了又磨

2023 年 9 月 12 日

异乡女友

——给 WH

溽热，湿冷，方言难懂
孤舟，漂萍，难以把控
这些，你说过，我懂的
还有你不说的，没来得及说的

隔几天，就听你说说
一个小时，或者两个小时
我们看重的友情，浓缩于此
在并不完全可靠、冷冰冰的手机信号里

隔几天，就听你说说
这是你离开故乡后，一个新的必需
山迢水远，除此之外
我们找不到更好的方式

2023 年 9 月 13 日

至上的赞美

——给晓玉

留子庙村，天山脚下的回民村落
“小书虫”，村里的小小读书群
让书香升腾，擦拭博格达山的圣洁

三年时间，从无到有
从小到大，四五岁的稚童
为生计操劳的父母
到年过七旬的奶奶

一千多个日子，她的执着和努力
让一个平凡的驻村工作队队长
拥有了天底下独一无二的称呼：
书奶奶——这至上的赞美

2023 年 9 月 14 日

生　光

——给海茵

我们近了。比之前的四千多公里
缩短了两千公里。此刻
大写的“疆”字，你在上边的“田”
我在下边的“田”。隔着的那一横
是苍茫云海间的天山

我们曾经那么近。共居一室
女诗人的身份，不能消解陌生的迷雾
两沓稿件，两束锋利的光
刺穿沉沉的茧壳
我们竟然是同一类人——编辑

一个看似体面风光的职业
一个以与文字较劲而安身立命的人生
我们是一样的人，执着而执拗
无论在哪里，稿件都是亲密的伴侣
我们自诩为走在时间前面的人

我们曾经抱怨自己的职业
却割舍不下文字隐约、宝贵的回甘
“只要有光，只要有诗”
这是你写下的编辑手记，在云端之上的飞机
人生的确还长，我们还要生光

2023 年 9 月 15 日

孪生姐妹

两个小姑娘，九月的清晨
玩耍于葡萄长廊下的光斑里

纱裙，薄、艳，一样的款式
一件紫，一件粉

欢笑，游戏。像久远的童话
我沉浸其中

如果妹妹的眼睛，不是斜视
和姐姐的，一样明亮、清澈

如果……葡萄架上，没有两片相同的叶子
飘落的叶片中，也没有

八岁的孪生姐妹，热孜亚和茹合耶
被初秋的晨风吹冷，落到现实里

2023 年 9 月 22 日

巴扎老妪（二）

她坐在闲置的摊位
安静，端正，像坐在办公椅上
在人声嘈杂、色彩缤纷的巴扎
没人留意她，除了我
第一眼，是整洁的、女干部气息的穿着
合身的藏蓝西装套裙，绿色翻领衬衫
白地红花的维吾尔花帽，黑色矮跟皮鞋
第二眼，是胸前火焰般的党徽
我们停下，与她攀谈
四十七年党龄，十年村党支部副书记
去北京参观过；三个孩子死于传染病
腿摔断后被嫁到外乡的唯一女儿奉养
每月领一千多元的生活补贴
就这些了。名字嘛，千万不要写出来
这是七十二岁的她一遍又一遍嘱咐的——
不光是不好意思，还有，离开熟悉的家园
自己为乡亲们啥也做不了了

2023 年 9 月 24 日

巴扎美学教育

——给买衣老妪

绿色的开襟毛衣，穿上很得体
配得上她这个年龄少有的清瘦
和枣红色的半身裙。这一定是
人到中年的儿子挑选的——
母亲的衰老，被年轻的绿色身影
覆盖。灰格的外套
暖和，轻巧，有设计感
让她有几分城里人的气质
十几岁孙女的眼光当然错不了
穿哪一件，他们都说好看
穿哪一件，她觉得都一样
这一幕，是乡村巴扎上的美学教育
而我，是领悟最深的学生
以禁不住流下的眼泪为证

2023 年 9 月 24 日

卖衣服的女人

“我上过夜校，学过国语
现在，一点点，多的听不懂”

“有一个孩子，已经结婚了
现在家里就我一个人”

“这件衣服进货四十元，卖六十元
不赔钱就卖，进新款的衣服需要钱”

“就在巴扎上卖。这个巴扎大，摊位费三千元
其他乡的四个巴扎，总共八千元”

“除了卖衣服，我不会干别的
现在，也干不了别的了”

“我有严重的病”，她边说边拉起右腿的裤脚
“治了三年，越来越不好”

“最后嘛，可能要锯掉
疼，干不干活，都疼”

四十八岁的她，说得风轻云淡，似乎
曾经的波澜，已退到地平线之下

2023 年 9 月 25 日

拾棉花的女人

十几个村妇，在九月的下午
五颜六色的衣衫，像白色大地上的休止符
天高，云淡，棉花盛开

一个三四岁的孩子，在棉田里
走来跑去，像琴键上跃动的手指
劳作着的年轻父母，不时抬头呼唤他

多么熟悉的一幕——
无边的白，盛开在准噶尔盆地
另一场人生图景，镌刻在岁月深处

突然羞愧于，此刻的抒情
羞愧于，观望的姿态
我弯下腰，以双手的摘取

与他们保持一致
试图以触摸到的柔软

与生活的硬核和解

2023 年 9 月 25 日

收获核桃的女人

一个，举着长木棍，打核桃
另一个，提着塑料桶，捡核桃
青青的核桃皮裂开，露出淡褐的果核
淡褐的果核饱满，新鲜如满月的婴孩

收获的神圣，让妯娌俩无暇说笑
这个下午，阳光也无力暴烈

我无法抵御这无言的诱惑
捡拾起一颗颗生命的时光结晶

九月啊，阔什艾肯村的九月
我们各得其所

她们收获的，是一年劳作的美满终点
而我，拓取了其中最丰富、神秘的片段

2023 年 9 月 26 日

晒太阳的老妪

她用手势邀请我坐下——

偌大的村文化广场，只有我俩
九月的下午，阳光正好

她从口袋里摸出几粒巴旦木
递给我，微笑如天山以北的母亲

我说几句汉语，她说几句维吾尔语
听不懂，却明白彼此的笑脸

十几分钟，我陪她坐着
陪着她——晒太阳

该起身了。泪水滑落之前
我用手机拍了一张合影

我要把它发给，天天晒太阳的母亲

明天，就是中秋节了

2023 年 9 月 28 日

拾秋的女人

一上午，她听到很多称呼
村文化广场玩耍的孩子，叫她老师
草坪上一起捡垃圾的老妪，叫她队长
微信里的祝福短信，叫她主编、诗友

二小队的核桃地里，青储玉米收割殆尽
开犁的田地，散发深处湿润、神秘的气息
她捡拾起掉落的核桃。专注，自足
像捡拾起一颗颗，不可辜负之心

拾秋的女人——她心动了一下
一小堆核桃、几穗玉米棒子，放置于
树下的显眼之处。它们应该属于土地的主人
拾秋的女人，她自语，一遍，又一遍

似乎，似乎每重复一遍
离准噶尔盆地那个叫炮台的小镇，就近一点儿
离遥远秋日的喜悦、困难，就近一点儿

离拾秋的年轻母亲，就近一点儿

2023 年 9 月 29 日

三姐妹

三个女孩，走在刚犁过的核桃田
刀郎羊群，游荡在昨日收割的玉米地

这是九月底的麦盖提大地
新一轮耕作就要开始

小麦，玉米，小麦，玉米
无尽的轮回。像核桃树隐秘的年轮

土地仁慈。愿生活仁慈如你
愿你赐福于劳作的三姐妹

愿你记住她们的名字：
热孜万古丽、热依汗古丽、热比拉

还有她们的年龄：
二十岁、十七岁、十四岁

2023 年 9 月 30 日

搂树叶的女人

白杨树的叶子，黄了又黄
落下的，铺满了荒凉

树下的女人，一耙子，一耙子
搂起一堆又一堆叶子，半干半枯

仿佛搂起的，是金黄的麦穗、玉米棒子
她的嘴角带着笑，神情满足

仿佛包裹薄薄的金片
四张花花绿绿的旧床单，掖了又掖

除了一个“羊”字，她听不懂我的话
这并不要紧。只要羊愿意吃

这些飘落的、悲情的树叶
就是宝贵的粮食，和未来的金子

——漫长的转化。她的白头发
佝偻的腰，是否还能撑那么久

2023 年 11 月 16 日

尾　声

——给自己

不能再写下去了
写下的每一个她，都是你自己

到了该说结束的时候了
你已把自己，写成了她（们）

你隐秘的心愿，在靠近她（们）
你，却在模糊、远离自己

好了，万事有结束之时
而所有的终点，都是一个崭新的开始

2023 年 9 月 30 日

后　记

2020年10月11日，一个值得记住的日子。一道光穿透我写作的迷茫、困惑，将搁浅的小舟拨动，使它驶向另一片水光潋滟、所知有限的神秘海域。

此前的两年多时间，我一直纠结于植物题材创作的走向。首先，我的植物诗歌写作已经持续了六七年，快要接近“花诗三百首”的目标；其次，在同一题材的书写中，我已经穷尽所能，对诗歌本体的探索多有涉足，已经翻不出新花样；更让我焦虑的是，对植物长期的关注、思考、表达，成为一种生活常态乃至写作定式。曾经鼓励我写下去的前辈、诗友，业已改变态度——不能一辈子写植物，要写写生活、写写生活中的人。我何尝不想写写别的题材，遗憾的是，我的诸多尝试均以失败告终。我摆脱不了多年植物题材写作形成的熟悉“跑道”。“写什么”困扰着我，我似乎回到了写作初期。

那个阳光明媚的中午，在去铁买克乡的路上，参加西部写作营的诗人堆雪活色生香地对我们讲述了酿酒坊女主人的故事。一时间，惨烈、心酸、无奈、沉醉、生活，这些词语像流星般坠落、砸向我。为她写一首诗，一个声音在心底回荡。半个小时后，我们见到了她和她的酒窖。寒风凛冽的晚上，我们品尝、啜饮她酿造的白酒。凌晨之际，微醺的我写下了《酿酒的女人》。就在发到微信朋友圈的那一刻，我确定，出路找到了——写女人，就叫“她”系列。

随后的两年时间，我用生活之眼观察生活中的女人，晨读的、推车的、拔草的、拍照的、蹚水的女人等；用阅读之眼描摹书本中的女人，玛利亚·索（《额尔古纳河右岸》的人物原型）、在卫生间作画的女人、植树的女人等；用心灵之眼挖掘被（他人、自己）遮蔽的女人，观蜃的、摘葡萄的、拥抱胡杨的女人和萨哈迪女孩等。很快，我又陷入了无人可（值得）写的窘境。我的生活范围太有限了，朝九晚五，家与办公室两点一线的固定路线，使我与她们无缘相识，更别说进入她们的生活、了解她们、书写她们了。

转机在2023年出现。年初我被单位派驻到麦盖提县参加驻村工作，驻村工作的艰苦自不用提，让我欣喜的是每两个月可以休假12天。于是，我开始了休假日就是采访日的循环模式。几个回合下来，乌鲁木齐、吐鲁番、鄯善、昌吉、伊犁等地的女人都按计划采访了一遍。整个休假时间，我不是在采访，就是在采访的路上。累，却被感动着。正是这种实地采访，让我得以认识新疆广袤大地上各行各业的优秀女性代表。她们的优秀，不仅仅是事业、理想达成的成功，更有面对生活厄运、人生挫折、历史波澜所历练出的豁达通透、百折不挠、笑看风云的精神之美。生活，收纳了她们的诸多不堪：泪水、疼痛、无助、无奈、失望……生活，赠予她们丰厚的礼物：善良、勤奋、忍耐、执着、自立、自信……采访中，我们一起落泪，一起欢笑。她们身上的人性之光，照亮、引领着我。我真真切切感受到被提升的美妙，这是我意想不到的最大收获。

感知、书写、表达她们的过程中，“怎么写”似乎水到渠成。感动自己，才能感动他人，是我一以贯之的写作要求。从被感动到感动他人，是物理、化学反应到心理、审美反应的诸多微妙变化过程，我沉浸其中并勉力呈现。

感谢一路相伴、提供大力支持的诸多友人，你们诠释了温暖、理解、陪伴、包容的意义。

感谢那些自带芬芳的女人，提供了强大的创作动力和书写价值。生为女人，我为你们而骄傲。

感谢甘为他人作嫁衣的编辑。

感谢平凡而伟大的生活。

张映姝

2023 年 10 月 15 日